梦中的敖鲁古雅

（诗歌集）

鲁　瑛　何永飞　海郁等　著

德宏民族出版社

图书在版编目（CIP）数据

梦中的敖鲁古雅：诗歌集 / 鲁瑛等著. -- 芒市：
德宏民族出版社，2018.11
ISBN 978-7-5558-1107-7

Ⅰ.①梦… Ⅱ.①鲁… Ⅲ.①诗集—中国—当代
Ⅳ.①I227

中国版本图书馆CIP数据核字（2018）第231072号

书　　　名：梦中的敖鲁古雅：诗歌集
作　　　者：鲁　瑛　何永飞　海郁等　著

出版·发行	德宏民族出版社	责任编辑	舒生跃
社　　址	德宏州芒市勇罕街1号	责任校对	何　门
邮　　编	678400	封面设计	陈连全
总编室电话	0692-2124877	发行部电话	0692-2112886
汉文编室	0692-2111881	民文编室	0692-2113131
电子邮件	dmpress@163.com	网　　址	www.dmpress.cn
印　　刷	昆明龙昇印务有限公司		
开　　本	787mm×1092mm　1/16	版　　次	2018年11月第1版
印　　张	13	印　　次	2018年11月第1次
书　　号	ISBN 978-7-5558-1107-7	定　　价	46.00元

目　录

西月诗歌选

故 乡

每当深夜
故乡便从大森林走来
露出棱角分明的脸
慢慢地伸手展怀

记忆如白桦树叶
一片片飘过
森林开始有颜色
驯鹿成群出没

星星开花
故乡在月光下柔和
风吹醒打盹的我
收藏起故乡的巍峨

梦中的敖鲁古雅（同题诗八首）

一

那一夜，梦接连不断

敖鲁古雅走到我面前

白桦树一棵棵从我身体穿过

仿佛将我肢解

每一片树叶都沾上我的血

由绿变红

它们飘落在敖鲁古雅的山林里

演绎着从春到秋的美丽

一场大雪拥抱了落叶

敖鲁古雅银装素裹

所有动物都隐藏了自己

只有一只鹰

叼着敖鲁古雅的梦飞去

四

这一梦就接二连三，连续不断
我的思想，再也不能靠岸
岁月仿佛被牵念击穿
古老鄂温克在梦中重现
要赶在大雪封山之前
留住敖鲁古雅的春天

朦朦胧胧中我和驯鹿一起奔跑
找寻生命的绿衣
敖鲁古雅啊
你把全部的爱给了大自然
把纯净留给了自己

五

梦中的敖鲁古雅

我们就是两棵白桦树

根，在同一块土地

叶，比肩站立

安静时，努力生长自己

风吹过，我们颤抖着相依

天空是那样美好

月亮和星星露出笑意

我们体内生出神奇之力

变成两朵白云飘在晨光里

一朵是我

一朵是你

我们相约放逐天际

六

孤独的梦里

我像一头走失的驯鹿

在敖鲁古雅山林焦急穿行

仰头

看万里苍穹

俯首

找寻苔藓的痕迹

一个人在梦里

把灵魂剖析

带着清醒

带着诗意

七

我在梦里眺望

把双臂变成翅膀

飞过往日忧伤

飞过城市迷茫

飞过严寒和秋凉

飞到敖鲁古雅的天上

努力坚持，不要坠落

坠落会有梦醒的失望

就算在狂风暴雨里

也要以鹰的姿态

展翅翱翔

八

说出的是一个梦
说不出的是一种心境
遥远的敖鲁古雅在诗意里开花

有人在梦里思路清晰
有人在现实却迷失了自己
敖鲁古雅的梦和现实一样美丽

历史的脚步不可抗拒
现代文明侵入了这片领地
原始部落在城市的回忆里
渐渐远去

注：敖鲁古雅位于内蒙古自治区呼伦贝尔根河市，是鄂温克语，意为"杨树林茂盛的地方"，鄂温克最后的原始部落就生活在那里。他们在大兴安岭的密林中，擅长用桦树皮制作各种生活用品和各种工艺品，靠打猎和饲养驯鹿生活。

阿涅别

鄂温克人的春节叫阿涅别
阿涅是狂欢也是喜悦
别是月
每到这个月
母亲总是精雕细琢各种美味
满足于家人们吃得欢喜

如今，我在自己家里
一笔一画复制着母亲

母亲是大年三十的生日
这一天，我更是使出浑身解数
煎炒烹炸炖，调制最浓的欢乐
而后举起祝福的酒杯
一饮而尽
让我看上去更像我的母亲

额姆其仁

桦树皮点燃篝火
心回到火光深处
燃尽半世浮尘
火光中鄂温克民歌
《额姆其仁》清晰再现
神谕我和着夜色唱给天空

星星在天上张开双臂
额沃在歌声中睡去
额尼在歌声中睡去
我在这首民歌里
再也无法安眠
一个词在梦中盘旋

撮罗子上的天空

撮罗子顶部

总能飘过一小块天空

流动的云 飞翔的鹰

黑夜里串串流星

长辈说，心要虔诚

会看见祖先的眼睛

会听见玛鲁神的指令

我屏息凝神

却缓缓入梦

梦深处 呼唤声声

撮罗子上的天空

闪现人类雏形

向往森林

渴望森林接纳我

像对待我祖先那样

相互依存，形影不离

我一直呼唤她的记忆

用驯鹿和苔藓缩短生命间隙

在我和那片天空之间，遥不可及

常常放飞梦的羽翼，像鹰一样

盘旋于古老和现实的枝丫间

昼夜，将绿色囤积

直至冬天逃离，提醒自己

伸开双臂，让意念

沿着血脉偾张

梦回敖鲁古雅

我是鄂温克人
却没在敖鲁古雅生活过
我只好做个梦
来到敖鲁古雅原始部落
敖鲁古雅太纯朴宁静
我再做一个梦
邀你和我同行
还是感觉有些冷清
我只好再去做梦
这次我带上一群无父无母的儿童
让她们的笑声穿越山林久久不停

当第一缕晨光叫醒白桦林
我们背着猎枪牵着驯鹿
沿着溪流走向太阳
当星星和月亮一起同行
我们躺在撮罗子里和孩子们一起看月亮数星星

敖鲁古雅多么好的自然环境
孩子们享受着大地滋养太阳关爱
与山林一起快乐成长
秋天，树叶落下来就会变成他们的翅膀

天　空

你，带着鄂温克的梦
找寻放飞的天空
一路领略百态众生
热，在阳光下沸腾
冷，在月光里清宁
细微处咀嚼恢宏

闭上眼穿过都市喧嚣
还好
时光缝隙中
羸弱骨骼里
天空依然没有变形

借一只鹰的羽翼
停落笔直的白桦树梢
庆幸
心，还能听到原始的尾音

灯下跳动的音符

十二岁的女儿
将白天嘈杂，夜晚喧嚣
沉淀在八十八个黑白键中
纤弱手指下跳动着
浩大的天空之城

此刻，女儿在城里
我守在城外
仿佛自己的青春
复活于灯下的音符
忽明忽暗　悠扬婉转

我急忙关上窗
试图留住走失多年的余音

春风透过指缝

柔弱手指滑过琴弦

轻启一扇窗

穿过漆黑夜

呼唤黎明曙光

落笔的文字

徜徉在韵律里

弹奏时光流转

述说经年沧桑

生活不必刻意奔忙

浅浅淡淡收藏

酒遇知己定会淋漓酣畅

余音缠绕心房

纯净的情怀

拾起跌落俗世的诗行

一缕春风透过指缝

将虚无飘向远方

那些与生俱来的错过

没有星星的夜晚
绝壁上的鹰孤独冷傲
眼睛透视着黑暗中的苍生
头顶是翱翔过的天空
身边回旋着旷野刺骨的风

一只四十岁的鹰
用尊严在巢中闭关
错过身旁无数动人的风景
拒绝儿女温热关怀的亲情
接受命运也勇敢抗争

在苦熬剧痛中获得新生
翅膀刀一样再次划破长空
嘹亮的鸣叫在山谷中回荡
几只乌鸦慌忙向树林逃窜
两只狐狸在草地上狂奔

旧时桃花

我打开心窗
望见旧时桃花
开在记忆的春天
花瓣娇艳
美丽向天空伸展

一场雨走过
绿叶在阳光下晶莹
来不及感受雨后的变化
繁华和衰败轮回
时光在更替中走远

许多境遇重来
一幕幕清晰
桃花已陈旧成书签
夹在人生这部书里
永久收藏

何永飞诗歌选

四代人的梦

曾祖父出生于 19 世纪 90 年代末，那时候

天空布满阴云，据说，他始终不愿意睁开眼睛

西方国家的大炮，将中国几千年封建社会的脊梁

轰断，耻辱的碎片落进时代的心灵里，也落进

曾祖父的心灵里，他的哭声，把小山村震得

摇摇摆摆，随之摇摆的是一个腐朽的王朝

在茫茫漆黑的寒夜里，在小小的火塘边

曾祖父抽着旱烟，苦闷与伤愁，飘满屋子

他曾外出了几年，可没有找到梦想的火种

他走到哪里，都走不出萧条的包围，一只只魔爪

从四面八方伸过来，把日子掏空，把祖国掏空

他也想报国，而没有一道门能进得去

只好带着遗憾，带着愤懑，把自己种回到

村子后面的那片坡地上，风把他的头发渐渐吹白

雨在他的脸上冲出一道道河流，里面流淌着苦水

流淌着全家老小的温饱问题，桃花就在房前屋后

燃烧，可无人感觉到一点温暖，曾祖父就拿出斧头

把桃树全部砍倒，最后把自己也彻底地砍倒

他是在一个雨夜，永远睡过去的，虽然第二天

天空就变晴，阳光照到屋顶上，而他再也看不到了

爷爷出生于 20 世纪 20 年代初，那时候

太阳还没有升起来，据说，他生出来时闹得很厉害

各种思潮，冲洗着新一代人的骨头，一粒挤压已久的

种子，落进爷爷的头颅里，从此，他再也没能摆脱

责任与良知的呼唤和推动，他把青春抵押给了战争

用鲜血去兑换和平，用胸膛去挡住冰冷的子弹

他举起的钢刀，把侵略这个黑色的词，砍碎

他每次寄回来的照片，都让奶奶泪如雨下

留下的眼泪，一半是甜的，一半是苦的

奶奶每晚做的梦，不是血流成河，就是大雪纷飞

而爷爷每晚做的梦，都是家乡春花烂漫的美景

可梦还没做到一半，就被突来的炮弹，摧毁

当把最后一个敌人，赶出祖国领土的时候，他终于

长长地舒了一口气，那口气把整个季节吹暖

他的胸前，留下一道伤疤，里面藏着一个时代的记忆

他被弹片啃噬过的左腿，时常会隐隐作痛

可他从未对人说起过，看着满院欢舞的蝴蝶

所有的疼痛，都被拭去，他最后睡着时，很安详

父亲出生于 20 世纪 40 年代末，那时候

有一条彩虹出现在空中，据说，他没笑，也没哭

帆船在海面上行走得并不稳，也不快，时有恶浪来袭击

时有船员之间相互掐脖子，好不容易竖起的旗帜在倾斜

有随时倒下的危险，无限膨胀的数字下面，压着饥饿

压着死亡，压着面黄肌瘦的梦想，谎言与欺骗，蒙住眼睛

一大批蕴藏着智慧和力量的脑袋，被一只阴谋的手

按进卑微里，按进冤屈里，按进血与泪交织的故事里

父亲幼小的生命里，留下太多苦难的阴影

他一次次用小手揭开锅盖，里面只有厚厚的铁锈

在抗议，在哀哭，旁边落着，奶奶一声连一声的叹息

父亲把黑夜扔到身后，沿着黎明，来到位于金沙江边的

一个小城里，离家近千公里，从此，乡愁也有近千公里

他摆着砖头，拉着钢筋，拖着水泥，筑就这个小城的高度

筑就人生的高度，筑就祖国的高度，他成为村里人

敬仰的对象，追随的对象，每当广播里传出

《咱们工人有力量》的歌声，他的血液比金沙江里的水

还流得急，还流得汹涌，可这座小城的楼房越来越高

他的躯体则越来越矮，最后一直矮到了泥土里

我出生在 20 世纪 80 年代初，那时候

东方的天空红彤彤的，据说，我总是吸着母亲的乳头

怎么也不肯放，从婴儿到童年，再到少年，再到青年

我都在，一边抓着幸福的尾巴，一边接受各种命运的转换

我的梦想一直都不大，只想在雨季来临前，把房屋修缮好

谁知雨季会提前来，只想把自己的路挖到春天，谁知会有

大雪来覆盖，只想找一个安身之所，谁知会落为浮萍

可我不会把自卑埋在心底，不会把忧郁堵在出口

不管怎么说，歌声和欢笑声，始终是时代的主旋律

我相信，乌云只是对眼睛的一点考验，将乌云撕开

就会看到一片无边的蓝，想起曾祖父，想起爷爷

想起父亲，我觉得一切的苦，已经不再是苦，一切的梦

已经不再模糊，不再遥远，我无须去惊天，也无须去动地

只要把自己匍匐成地砖，让盲人踩着安全走过

只要把自己站立成路灯，让夜行人不迷失方向

就够了，当然，能把梦想再放大一点，那更好

天时不早了，我得继续赶路，去追逐，从曾祖父手里

从爷爷手里，从父亲手里放飞的，那只彩蝶

——原载《民族文学》2013 年第 12 期

压　缩

把岁月压缩，母亲的白发就不会

长得那么快，把黑夜压缩，乡愁就不会

延伸到残梦里，把高楼压缩

天空就不会被刺得千疮百孔，把胃压缩

汗水就不会牺牲那么多，把心压缩

欲望就不会恣意横行，把身子压缩

骨头和肌肉，就不会被狭小的出租屋

咬得疼痛难忍，最好把整个世界

都压缩，再压缩，压缩到手掌那么大

看谁还敢背叛灵魂，胡作非为

——原载《文学港》2015 年第 12 期

无名坟冢

一个时代的喧嚣和纷争，已经远去

一个孤魂留在了深山野林中，没有碑文

没有一块来抵抗狂风的石头，上面长满荒草

长满过时的爱恨情仇，长满没有温度的渴盼

有人说里面埋着一位烈士，又有人说

里面埋着一名从外乡来的乞讨人，可都是猜测

每年清明，上坟队伍都会从它旁边经过

但没人给它烧过纸钱，没人给它插过一枝青柳

我在想，里面埋的会不会是上辈子的自己

不然我来到它旁边，怎么会如此躁动不安

怎么会如此伤感，怎么会如此难分难舍

——原载《边疆文学》2014 年第 3 期

生命之菊

一

埋藏三个季节的心事，在秋天的枝头吐露

蝴蝶和蜜蜂已飞到童话的背后，只有落叶

在翩翩起舞，在表达蕴藏已久的爱慕之情

一场秋雨洗去所有的烦躁，一颗冰清玉洁的心

托起高远的天空，托起一个坚定不移的誓言

多少人的脚步为此放慢，为此颤抖

多少人的目光为此倾斜，为此僵硬

最终，是谁划着一阙动情的诗词从时空过来

把绚丽的梦载走，只留下几杵清凉的钟声

在生命的边缘旋绕，让一叶孤舟迷失方向

二

一缕菊花的芬芳，穿透浓浓无边的夜色

串串相思撒落在空中，成为闪闪发光的星星

照耀着正从秋天另一头走来的梦中伊人

为了一个无价的爱字，我已迎送过千重万卷的风雨

已把所有的秋波都望断，可从没被谣言和怂恿推倒过

我始终相信生命中那位菊花一样高洁和淡雅的姑娘

一定会来到我的身边，且已经不是很远了
银河再宽，都能被鹊桥连接，都能让牛郎和织女相会
同样，现实再无奈，命运之神再刁难，只要菊开不败
心与心就无法被分开，幸福终有一天会紧紧重叠

三

生命中的复杂闹剧，往往都是我们自导自演
有的人把生命安放在权利的椅子上，而最后只剩下骂名
有的人把生命安放在阵阵掌声之间，而最后只剩下肉泥
有的人把生命安放在春天的红花上，而最后只剩下残痕
有的人把生命安放在夏天的绿叶上，而最终只剩下枯枝
有的人把生命安放在冬天的白雪上，而最终只剩下空白
我则把生命安放在秋天的一朵菊花里，舒展自如
让世界在我的宁静之外喧闹，在我的沉默之外狂笑

水 魂

把森林里的鸟鸣，填进大漠的耳朵
把白日里的阳光，填进黑夜的眼睛
流过的地方，总能长出春天
流动时，高山挡不住脚步
沉静时，狂风吹不乱心绪
有彪汉之狂野，有玉女之柔美
在时光的掌纹上，把魂儿不断磨亮

云彩是飞在空中的翅膀，下面
病入膏肓的土地挣脱了死神的缰绳
闪电的鞭子，把干渴抽打得四分五裂
一棵小草，开启一片快乐
一朵小花，托起万重幸福
五谷的芳香，把日子喂养得白白胖胖

纵身跃下悬崖，最美的舞姿，定格于
一声声惊叹中，然后把肌肉和骨头的碎片
重新组装成一曲悠悠长歌，洗尽一切繁闹
一群鱼儿，从冰窟游到春池
从一页发黄的历史，游到无边敞亮的新梦想
中间吐出的每一个气泡，都镇痛一颗魂儿

有时会发怒，怒气让天地寒战

这一切，源于一双贪婪之手和一把罪恶之斧

而更多时候，总是以仁者的形象

行吟在一个个生命的门口

把怨恨不断地缩短，把慈爱不断地拉长

忧伤的种子

埋进阳光里，温暖会冻结
埋进溪流里，浪花会瘫软
埋进泥土里，大地会荒芜
埋进梦里，夜会很漫长
握在掌心，我不知该如何是好
它的芽儿，已经在发出抗议
它的出世，它的蔓延，它的进攻
能毁掉世间的红和绿，还能毁掉
天与海的蓝，云与雪的白

它的抗议更加激烈，处于爆发状态
我握着它，不敢靠近童真的孩子
不敢靠近衰弱的老人，更不敢靠近
风华正茂的年轻人，颂歌与欢笑
好不容易绽放在这个时代的枝头
我怎么忍心，让掌心的这粒忧伤
去伤害，去摧毁，我不再犹豫
把它深深地埋进自己的体内
宁愿独自黯然和毁灭

慰安妇

刺鼻而恶心的腥味，从一段发黄的历史中
奔流出来，让文明无颜抬头
一个时代被钉在耻辱柱上
深陷进去的眼睛，再也挤不出一滴眼泪
沟壑纵横的面容，再也挤不出一点微笑
狂妄的兽性，在泥土里已无法动弹
阳光从窗户里照进来，而埋藏着
无数个冬天的心灵，已感觉不到温暖

看着一张张冰冷的黑白照片，悲情和愤怒
猛然扑向那段挥之不去的记忆，真想掘地三尺
把罪恶的骨头挖出来狠狠地鞭打，再鞭打
可被夺去的花样年华，已无处可寻
一只白鸽背着蓝天，从一个世纪飞进
另一个世纪，从炮火中遗留下来的弹片
以及浓烟，让一群人，让一个民族
感到隐痛，感到不安，感到责任很重

——原载《民族文学》2015 年第 7 期

战　争

子弹，最终穿过自己的心脏和骨头
硝烟，最终摧毁自己的家园和命运

再高的荣耀，无法修复时光的废墟
再大的胜利，无法掩饰历史的创伤

两行清泪，浸湿几代人的仇恨
一弯残月，割断无数人的归路

残暴者，在血海中垂死挣扎
无辜者，在刀尖上放声大哭

点燃战火的人，最先化为灰烬
放下屠刀的人，最先走出囚房

——原载《民族文学》2015年第7期

饮 云

站在山顶，采一片绿叶做成杯子
提着天空，把白云倒进杯子
一饮而尽，俗尘纷纷脱落

捡几粒鸟鸣，再倒一杯白云
一同灌进肠胃，仙风道骨在体内夺位
一条大江在腰间飘动，群山在脚底臣服

乘着清风，再饮一杯白云
天地在掌心合二为一，打开歌喉
时光以最美的姿态，停落在音符中

一阵咕噜响，饥饿又挥旗占领生命的高地
睁开眼睛，梦幻碎裂，自己从云端
跌落回人间，在一团团烟火里挣扎

——原载《滇池》2016 年第 9 期

拯　救

蓝天被乌云囚禁，有阳光来拯救

大地被寒冰冻结，有春天来拯救

微笑被泪水泡烂，无人能拯救

所有的幸福溺亡在黄昏的伤愁里

河流的美梦被截断，有雨季来拯救

飞鸟的歌声被拦劫，有黎明来拯救

心灵的亮光被掐灭，无人能拯救

所有的希望困死在黑夜的咒语里

落进别人的陷阱里，有善良的人来拯救

落进魔鬼的圈套里，有万能的神来拯救

落进自己的罪孽里，无人能拯救

所有的呼救卡死在自己的喉咙里

——原载《边疆文学》2015 年第 10 期

深入彝人古镇

翻开古镇的封面，一场细雨纷扬而落
这是来自彝家大碗里的美酒和情意
这是一个热情民族独特的欢迎致辞

深入古镇，深入彝胞的生活内核
我的脚步始终很轻，始终很慢
唯恐惊醒一个古老的梦，以及错失
追寻千年的良缘而再孤寂一世

一双绣花鞋上绽放着彝家艳丽的春天
一座古城楼上回荡着激昂的英雄凯歌
一把三弦琴上流传着不老的爱情故事

熊熊火把，点燃不眠之夜
心头积压的世间沧桑和苦楚
被欢快的歌声烧成灰烬
手牵手，心连心，彝家的左脚舞
每一脚都把幸福踩得很响，很亮

我写黑暗，可我的心是明亮的

我写黑暗，可我的心是明亮的
我写冬天，可我的体内埋着春天
我写邪恶，可我只与正义同行
我写苦难，可我没停止过追求幸福
我写灾害，可我无时不在求佛保佑
我写疼痛，可我从未熄灭过理想
我写悲剧，可我一直想上演一出喜剧
我的诗句，不想做时代的装饰品
只想搭建一座桥梁，让落魄的灵魂
从此岸走到彼岸，过安乐的生活
只想去填补陷阱，只想去抚平伤口
我被烧成灰，也会堆积成一句祝福
撒向我爱的人和爱我的人
也撒向我恨的人和恨我的人

骨头先醒来

眼睛还在睡，耳朵还在睡
鼻子还在睡，肌肉和皮肤也还在睡
只有骨头偷偷地醒来，在黑夜的磨石上
来回地磨，磨瘦了黑夜，磨亮了自己
最终把软弱磨成刚硬，把噩梦磨成美梦

先醒来的骨头，直如剑，刺破魔鬼的狂笑
弯如弓，射穿生命的假面具，及虚伪的掌声
它还可以在直与弯之间，翻天覆地

归入泥土，醒来的眼睛又睡过去
醒来的耳朵又睡过去，醒来的鼻子又睡过去
醒来的肌肉和皮肤也跟着又睡过去
而最先醒来的骨头，依旧还醒着
时间发黄发黑，它还白如雪，指引黎明升空

留　名

我把名字写在城市的街道上，转身
就被密密麻麻的人群踩碎，还被开了罚单
说我乱涂乱画，扣上不文明的高帽

我把名字写在沙滩上，还没离开
就被一个海浪冲刷得干干净净，正想重写
另一个海浪已把自己彻底吞没

我把名字写在秋叶上，才写一半
就被一阵狂烈的西风卷走，我把秋天
翻了个底朝天，仍不见一点影子

我把名字写在出租屋的墙壁上，终日
不见阳光，长得面黄肌瘦的
最后还被房东揪出来狠狠地批了一顿

从此，我不敢在外面随意写自己的名字
只在梦里，流着眼泪，把它写在故乡的掌心上

——原载《诗刊》2014 年第 11 期下半月

与小虫子同居

喊不出它们的名字，只认得样子
从书桌的这头爬到那头，又爬回来
翻过我的手臂，我立即停下打字
怕把它们抖落，更怕惊吓到它们
这房子租来之前，它们就生活在里面
它们是主人，我只是侵略者，或同居者
我没有理由驱赶它们，消灭它们
它们不驱赶和消灭我，已是最大的恩典
我买来的食物，常常被它们吃掉
它们还帮我吃掉孤独和惆怅
哪天它们不出现，或出现晚一点儿
我就很焦急，有失魂落魄的感觉

海郁诗歌选

烧掉荒芜

划一下就能点燃
足够枯萎，足够荒芜，足够干燥
这灰沉沉的日子，这没有雪花点缀的日子
嗓子里的灰烬在一阵冷风过后
伴随呛鼻的浓烟窜起
一星火苗

这个季节，适宜一场疾病缠身
适宜在昏昏沉沉的眩晕中
忘却真正的病原
日子好苦，就让这场不得安睡的咳嗽
咯出疼痛部位的瘀血

难得这么理所当然
难得在纠结的睡眠中找寻理由
新年不断复制，身体越来越旧
旧到荒芜，旧到无可救药
旧到迷信药到病除

举起这把火烧掉吧
我厌恶这白花花的荒芜和枯萎
外边再贫瘠也得让体内有个好墒情
我依旧深埋籽种，依旧
相信和钟情即将复活的土地

白色的墙

白色的墙
是站起来茫然四顾的雪
是喑哑的雪
是怀揣冰冷的雪

我在冬天的深处
在冰冷的雪缠绕的深处
在一根输液器牵引着的白茫茫的深处
在一把药丸呛出的泪花中

俘虏如此轻而易举
生命脆弱
远不抵一场病症的摧残
来得果断而真切

阿 妈

是午间阳光里的一双青筋暴突的手
滑过我板结的头发

是码放许久的一些酸楚章节
抖落生锈的粉末

是大一号的皮鞋
与时间同步敲打我的耳鼓

是断了线的念珠
惊落拜毡上自言自语的祷辞

我的阿妈
是匍匐在时光里的一团焰火

终究成了一缕烟

就这样慢慢化成了一缕烟
混同于镜片上的冷雾
混同于袅袅的炊烟
混同于凝结在瓦片上的霜寒
慢慢散尽

像世间看得见摸不着的
有形体的虚无
往昔与你一并缩进画面
时间冷酷，洗净色彩
徒留灰白，被岁月熏染泛黄

美好是刷新不了的一次死机
截留的昨天站立床边，在透析
爱情的病血。萦回的影子斑驳晃荡
似黏不住的月光
苍白而恍惚

箭

好久不见了
但你依然推开岁月和时空的围栏
像一枚锈迹斑斑的钉子
揳入我破旧的生活

红色的粉末
只是继承了腐朽的色彩
坚硬的铁
依旧不敌血肉的浸泡

那支写满诺言的箭
被一堵堵墙围追夹击
变钝变弯
直到，拆解为一些碎片

二　姨

光芒刺眼，手指间的阳光暖出一片红
二姨刚刚来过
她的脸上饱含了一个冬天的凛冽
相似的轮廓下，我像看见了阔别的你
看见了你曾经说话的腔调
和走路的样子
怔在那片记忆里，我开始用俗世的急促和焦躁
挤压这个阳光稠密的正午

二姨嘘寒问暖
就像你在询问隔世的我，久别重逢的我
电话那头的我，失态的我，泪流满面的我
歇斯底里的我……
阿妈，我看着二姨就像相遇了
一场梦中的惊慌失措
失聪，失明，失语以及
瞬间的黑暗和煞白

空镜子

一个蕾丝花边的床
依旧承揽着阳光
一个布娃娃靠在两个枕头之间
充当分水岭，或者界河
一本诗集挡住枕芯的图案
它们全装在梳妆台的那面空镜子里
它们不是自己要进去的

那面镜子的前景目前只有灰尘
灰尘只浮在镜面上，却有
嵌进去的可能
空镜子之所以空是因为你不在
也就是说，你不在
其实房子也是空的
只是我不想说

凄　迷

那是一些落叶松的弱绿
尘土附着其中，堆积的陈雪之上还是尘土
春天只是一些影子，灰蒙蒙的
站在你空洞浑浊的眸子里

你在仰视的一丁点光芒里低下了头
拱顶金黄色的星月被晨曦点亮
诵经声从北楼传出，你眯着眼
一大片油菜花想必已在眼底匍匐而来

这个清瘦的院落，只有
盘卧在你头顶的戴斯达勒雪白如初
刚刚病愈的父亲，像穿了大一号的服装
收拢了我更多的凄迷

短　信

就那两个陡峭的字
让我觉得难过
我想象不出你现在的样子
一定很憔悴，气色也很差

瞬间一道煞白，或者是一片漆黑
让我觉得站立的世界
是那么的不牢靠
随时都会塌陷、扭曲和碎裂

楼道、房间，还有你发呆的每一个角落
都涂上了雪的颜色，透着冷凉
春天将至，嫩绿会拱破地表
但这一切，于你都是遥远和徒劳

我知道你也很难过
但我们的难过并不一样

小飞虫

一只莫名的小飞虫闯入我的小屋

在二月白花花的日子里

它引领我的目光

扫视这个房间熟悉的每一个物件

它的翅膀在微弱的阳光下

扑扇出一片生机

我想那两片透明的羽翼之上

一定镶嵌着七彩的光钻

写着对春天的憧憬

今天，它是我的贵客和使者

我把最安全的空间留给它用于飞翔

多么鲜活的生命啊

或许，这也是它生命里的

第一次试飞

沙　漏

在人造的夜色里

那些电光的霹雳在拍打撕咬

彩色的泪滴悬空而下

聚集伤感也驱逐倦顿

鼎沸的节奏里，我捂住心脏

若有似无的夜，吞吞吐吐的灯

在攒着一颗颗头颅癫狂摇晃

身体的沙漏溢出盈眼迷离

我看见一个个漩涡，正在

咫尺之内，掳走一截截似水流年

"我这里天快要黑了

那里呢

……

我这里一切都变了

我变得不哭了

而那你呢

如果我们现在还在一起会是怎样

我们是不是还是深爱着对方

像开始时那样……"

冰　点

谁有那样的感知
凛冽弥漫，夜幕铺开
半个月亮刚刚还在你的湖面走过
我看着吹皱的水向边缘收拢
坐定，或者祷告，成为沉默的部分

一些中流砥柱
手挽手，从湖心
向外辐射，痉挛，碎裂
而毫不犹豫，在冰点逼近的时候
割据为安静剔透的冰块

远山近水慢慢消隐
一些水鸟，它们拖着比黑夜更黑的
翅膀，个个像夜行侠袖口
飞出的暗器，在幽暗的水面和
呼呼的风中低悬。哀鸣

梦里的春天

太阳在模仿月亮，在白花花的
云层玩失踪。这里不是北京
没有柴静镜头里的雾霾
没有惊悚的画面，没有恐慌的数字
也没有科学家对惊恐所做的深刻论证

这里只有笼罩的四山和
沙尘弥漫的黄昏，还有骤降的气温
以及高扬门帘的冷风
它们沿着昼夜的巷道来回奔跑
像在张贴未名的告示

整个城池
像刚刚出土的遗址
灰暗，霉变，干燥而无可奈何
推开窗户，我想远眺
原来眼底皆为渺茫

端起茶杯，突然觉得它是那么灰暗
在一阵急促的洗濯后
附着的茶垢顺杯壁慢慢滑落
白开水，原来是这么清澈
倏忽间，它照见了我梦里的春天

黄　土

你下去了，大地多了一个伤口
那么多酥软的黄土被铲出
地表，拱起一个土包
风一个劲儿地吹
东风也好，西风也罢
新鲜的土粒不停地往下流
往下流，像世俗廉价的泪水

我跪在那里，脸上落满细碎的灰尘
我知道这些被迫挤出来的
新鲜的黄土会慢慢沉积下来
慢慢氧化，慢慢变色
慢慢适应周围环境，不久
在那些质地松软的地方会窜出
细草，野花……

你就这样走完了一生
这里好安静，没有喧嚣
没有纷扰，不堵车，不挂号，不排队
阳光一升起就照在你的眼帘
染红一片朦胧的海
也许，你的脚下铺开的绿茵和野花
将会冲淡岁月沉淀的一切伤感

以前多好

以前多好

电视就那么几个频道

人们心底清澈，不浮躁，不奢望

公鸡按时打鸣，炊烟

准时升起。碧空如洗，流水潺潺

捣衣的女人欢声笑语

激起层层涟漪。喜鹊翘着尾巴

差点乐翻了天，孩童的嬉闹声

鸭子的呱呱声，就围拢起一个

快乐的大本营。以前多好

随手拔一个萝卜，和着一个实在的馒头

就是一顿放心的便餐

处处都是真材实料的农家乐

以前多好，不用过滤脱口的词语

想说什么就说什么

见面没有堂皇的祝词，人们表里如一

不用见机行事，揣摩彼此心理

察言观色。以前多好

吃的放心，看的干净，用的称心

走着不用惊慌，睡着也很踏实

以前多好，放心多好

碧蓝的天空多好，清冽的河水多好

朴实的人们多好，真实的

活着多好，没有口蜜腹剑该多好

父母是两行热泪

像泪水
你们交替在我的双眼流出
很多时候是在梦中。灼热而无比亲切
我再也没有人世间的恸哭
热泪于我是欢喜，是欣慰
是久别重逢，也是充满希望的离分

当两行热泪纵横交错
肆无忌惮的时候
那便是我举家的思念
决堤泛滥，最最幸福的时刻

你们拉过的这双手已不再细腻好看
它早已被粗粝的风吹皱了皮
被岁月的笔杆磨出了茧
但它依旧滑过清晨的气流，在晨曦中
虔诚举意

我鞠躬，叩首，默念
祈祷，在异域的文字里穿行
在汉语的副词里笃信
在清水流淌的心间无数次地挂牵
你们频频流出，总是湿我衣襟
洗我人间浑浊

溺水的小飞虫

一眨眼的工夫

你已经溺水身亡，于你的族群

我已经犯下了滔天罪行

我用笔杆将你打捞上岸

于事无补，在一张洁白的 A4 纸上

你的双翼紧贴在上面，快一个上午了

你还是一动不动，你身上的水滴

已经被纸吸纳，现在，你好像

夹在书页中的一个标本

外面春光明媚，但你的飞翔已经终止

已经没有触碰花粉的机会

天那么蓝，小雨洗濯的树枝那么翠绿

你已经没有机会去攀爬，去嬉闹

就那么一会儿的工夫啊

我忘记拧杯盖了，仅仅就这么一个

不经意的疏忽，竟让一个小生命

英年早逝

大地没有了悲戚的样子

所有休眠的枯枝醒来了
它们都替我戴上了洁白的花
斑驳的树干庄严肃穆
大地，因此没有了悲戚的样子

四月的风冷凉，吹在它们稚嫩的脸上
叶子还在褓褓，没有完全散开
就像哑默的我，在人世
早已失去了一双温暖的手掌

迎着河风，打开了新的一天
我将曾经跑向你的途程
延展在河床，这样，每天都能听到你
暖暖地缓缓地絮叨

太　阳

在一个很小的泥坑
积水混浊，我低头看见了阳光
我看到的是它温暖谦卑的部分

晨曦撒满的河面，我耽于
水鸟清脆的配音，暖暖的光线
没有鱼饵，却钓出往事柔软的断面

在这里，仅仅是一个小小的河面
竟让太阳有了如此磅礴的气势
此时，我看到的不光是大面积的温暖和景致

复活夜

夜复活了，你在那里落座
你从多个角度进入，打开各种场景
你哑默，凝滞，随着时间的脉搏
跃动，偶尔在往事的火苗上
摇曳。你把盏明灭着远去，或者
隐约着靠近，留下模糊的轮廓
复活的夜里，每一个物件
都伸出触角，探视时光的深浅
并排兀立的章节被夜风翻阅
一些痛楚的汉字挑起事端
让苍白的对视更加幽怨

想起你多好

每一次祈祷

你都给我一朵暖暖的笑容

很知足了，还能祈求什么呢

风晃动着午后的碎影，像在替我收拾

一场昔日的残局。想起你多好

想起你，就会有千丝万缕的温热

从不同的方向进入内心的荒芜

一波波冷凉进出无序，我已

习以为常。能清晰地想起你多好

你说的那些话多好，皆能带动

心底埋葬的喜悦。阿妈

能够这么唤你多好，尽管声波在

对面墙壁上低回碰撞，最终

顺着兀自站立的墙角瘫软、散落

你一定听见了，我沉默的思念

在一片片慢慢碎裂，我低垂失语黯淡的

世界却要被病态的文字装潢一新

举在空中赤裸裸的双手

是一天的光影里最动人的前景

阿妈，我只能在心底唤你

不可言语。记忆的橱窗飘过一丝微笑

那是我无限的哀思

春 天

春天还很远
我开始在字面上向往这个季节了

或者说北国就没有春天
即使有，也短暂的近似于昙花

春天是青涩的
春天的冷凉像出脱的少女

春天与绿色接壤但不靠近
春天与雪花相伴却不寒冷

春天是一个美好的修辞
温暖地穿行在坎坷的人世间

春天是镶嵌在坚冰中的一颗玛瑙
透着冰艳的宝气灵光

春天是煎熬过后的重逢
是灼痛之后的相拥

春天，其实是放飞的一个梦想
是憧憬的翅膀扇动的一片翱翔

春天，在你我的心里
春天，在干净的童声里

大地松动，笑语欢歌
春天，在向往春天的人的眸子里

乌云琪琪楠诗歌选

一生至少要抵达一次

天黑以后
所有的星星都在阳台上停留
它们爱我是对的
水的声音就在我体内
粉红色的岸
一生至少要抵达一次
且让手心长出一片戈壁的绿叶

——发表于 2017《草原》第 4 期

我们已经无处可逃

紧紧拥抱我吧

像拥抱一只饥饿的小羊

像小羊依赖的草原

像草原上的一轮弯月

像弯月里被染白的芦花

像芦花里不曾忽略的春天

像春天里质地柔软的火焰

来，把你给我

或者把我给你

轻一点

我们已经无处可逃——

——发表于 2017《草原》第 4 期

也许明天

也许明天
桂花说开就开了
像一场北方的雪

我用漏掉的文字做你的胸膛
让一个怠慢时光的女子
成为你的月亮
让几碗沾着泥土的女儿红
从毛茸茸的尾巴里
繁衍和哺育

能否抵达一片受孕的草原
我想过一次，又一次……

——发表于 2017《草原》第 4 期

暗　藏

草原的深处不是草原

马蹄的深处也不是马蹄

风，说不清楚来路

灯火里埋着烟火

一定是有人暗藏了些什么

才会让土地交出金黄的稻穗

让酸甜的苹果压低枝头

让快乐的人在心里种下花朵

让森林受孕枝繁叶茂

让你只看一眼，就放弃所有

——经过的春天

——发表于 2017《草原》第 4 期

康巴诺尔

一个声音经过一面镜子

等你和一只天鹅对话

大片的喜悦拨开湖面

年轮像云朵一样轻盈

着红裙的女人悄然躲进露水

风不吹，日子也不动

读到你，虞美人、格桑花都笑了

鞭子微微扬起，打了几个转身

含着日光的暖。响亮是我喊你亲爱

喊你守住时光，守住鳞片和羽毛

肌肤之亲的构图，在天与地之间

展开荷花的吻痕，夕阳里

我会用心写下你的名字

只想让你在中国的版图里

呼之欲出

——获得 2014 年"绿色康保·热盼冬奥·梦向草原"

征文大赛优秀奖

梦之旅

一

折三两支康巴诺尔的罂粟

托马儿许你三分的醉

留七分等你熟睡时脱口而出

没有对白和喘息

安静如秋风里睡着的叶

二

月光一动不动

你奔跑在单薄的纸张里

绿色生长在湖心

窗口是炊烟，岸边是霞光——

三

你安坐在梦里

紫藤花没有说出垂坠的秘密

也没有说出，一个春天到另一个春天的距离

只留下一个在风中摇曳的背影

和一朵幽紫幽蓝的香气

四

隔着远方，或者更远的远方
我能够读懂你心跳的声音
你一开口，漫山的百合都开了
我总是想你提着灯火的样子
和雪花一样憔悴

五

那个从童话里出走的女人
和斜阳对视
用一支灌满月光的画笔
在你的额头作画
市井的命运，不再重要

——发表在《康保文艺》2014 第 7 期

那些似有若无的

余音还在，赤脚过河的孩子还在
对岸的芦花和行走的骆驼还在

被劫持的荷叶还在
鸟鸣还在，躲雨的窗口还在

那些看得见和看不见的希望还在
泥土抱着泥土最先成为的风景还在

彩虹制造的色诱还在
山脊上羊儿占据的空间还在

盘子里的萝卜花还在
沾着蜜糖的谎言还在

草尖儿上的露珠和传说中的黑马还在
一只会说话的蝶和手心里的温柔还在

无处安放的思念还在
指尖上流走的沙子还在——

从一个人到一座城
无数次相遇又转身的路口还在

小心情之 双面佳人

把身子蜷在沙发上
用猫咪的眼神
勾引一个无家可归的男人

都说天涯那个地方杂草丛生
可为什么有那么多的女子
愿意跟你策马而去

今夜，我把北风关在窗外
脱掉你肮脏的外衣
舀一口那年的阳春白雪
用绕指的柔情换你最初的那个吻

不要跟我讲外面的风花雪月
也不要对我说
冰，不过是一块冰
只要你在心里为我盖一所房子
我就可以打碎所有的醋坛子

你信不信
我现在就可以把你推到墙角
用一首诗的力量对你说
你，是我的

请不要复制我

一块上好的布料

要裁成旗袍

才有春花遇雨的清澈

暗白之中点缀紫色的光圈

修正静寂的裙摆

像新的黎明，在语言与画面的停驻之间

把属于女人的光举起来

请不要复制我，人群的抽象化

虚拟正被孤单的分离

影子落在矮墙上

不是领先便是落后

——发表于《河北作家》2017 年第 1 期

纯粹的思绪

到了这个时节

奔跑是唯一飞翔的姿势

古道上所有跌落的晚霞，也都成了秘密

哪怕是蓄谋已久的秋风

也会像波浪一样，不可避免地呻吟

不可避免地想起蛮荒，想起

小桥流水或者一匹瘦马孤单的行程

而那把湿漉漉的马头琴

晃动着脊梁，一路推开风声

也推开一个草原女人的热情

我们，彼此更为直接

——借着月光的温度

把云朵推入高潮，从此临摹一个盛世

让发霉的日子躺在刀尖儿上

找不到藏身之所

祝酒词

从白酒里窜出乡音
黎明走出窗外，我听见
麦秸在窃窃私语，这些我
乡下的亲戚，足以把你举得更高

一定，还有一些来不及的爱
被一滴闪落的泪花击中
集结在时光背后，一遍遍
数着乡愁

若是没有明眸皓齿，没有
小桥流水，酒杯倒满
我俗世的爱背对着火焰
不用思想
一个吻就够了——

念一个人

许多火尚未烧尽

潮头不甘地涌动了几下

像跳到岸上的鱼

野草从冻土里钻出来

攀爬，滚动，失控

这是一场具有模仿性的战役

人们喊它春天

灿烂得动人心弦的春天

念你，我的草原空空荡荡

桃花和鸟鸣过于柔软

我想用鞭子丈量你的喘息和隐忍

于是，便有了火的特质

便有了撞击心坎的瘫倒的草地

麦粒跳起来，一路狂奔

冲破堤坝的洪水没有把我带走

高潮的到来，也是结束

西北风在厚厚的白墙外面吹着

风里翻飞着乌云，闪电，落叶和枯草——

奔跑的时空密语

触摸你的快乐

就像是触摸我额前的一缕发丝

轻轻地把它们别在耳后，更多的阳光就会走进来

在等你的时候我一边看雨，一边寂寞

还写了一首题目超长的诗

好想跟随着一滴雨落进你的窗棂

用滴滴答答的声音包围你的世界

我不说话，只是看着你

因为我相信你会从我的眼神中读出来

我用目光抚摸你，听着雨声

把后山的风景朗读一遍

就像是海风滑过我的肌肤

每一处都有隐语——

我的心跟那雨声一样，飞起，落下

还有一些牵挂，为了你，远方的人

突然有点伤感和不舍

请原谅，我有些乱了阵脚

把自己放在月亮上

没有风景　也没有世界

我在你的眼里，你在我的心里

——发表于《中国诗歌》2016 年第 11 卷

那个临水而立的蓝裙女孩

一

只一个背影就夺走了一个男人半生的相思和怀念
像一块整齐的画布，别来无恙
夕阳羞涩，发丝柔软。风也只带走湖水的微澜
不报时，不惊动光阴。青青黄黄的光线里夹杂着一点红
淡淡的，临水一照

二

尔后，有没有晚霞？有没有回眸一笑
有没有一次深情的拥抱和亲吻
风声都被水色隐了去，小鸟一样
在他筑梦的掌心安了巢

三

指尖于起伏间敲下夸张的萧然和赞美
记忆皆是平平仄仄，每一次的导入都如妙词一阕
执笔入画，月光还未光临。允我走神，做一个梦
拉你上马，带你离开那一圈圈不断放大的年轮
此刻，草原正美，绿色无边无际

四

想了一千种开花的方式，韵出巴山夜雨的春天
尽管姗姗来迟，却没有早一分，也没有迟一秒
眼神清澈，藏不住一点北方的风
所有表示破碎的信念，都被关进窗外一朵倏忽的流云

五

这样的相遇，捂在心间
所有经历的苦难都显得微不足道
那个临水而立的蓝裙女孩
你可知道，今夜我正路过你不曾转身的地方
出水，等两岸的日出，等一米阳光，等炊烟飘起……

六

尔后，会有一墙娇美的蔷薇
会有很低很低的重叠，会有一片梨花渲染的王国
他声音里有梅子的味道，唇齿中有烟草的味道
指尖上有岁月的味道，行走间有诗歌的味道
他的笑，像月圆。是爱，是暖，是从胸膛里
打马而过的平川和山峦
我们倚着栏杆读诗，读更深岁月里的半夏和深秋
我们相爱，用一生的时间作答——

安于纸上

窗前纷飞的雨滴，顺着时针滑落
停在一首小令上，风一吹
日子就矮了下去。前天以前
是否比昨天还要远一点，一小撮往事
如同野薄荷一样带着大把的小清新
掳走初秋的吻痕

挂在虫鸣上的密语，偶尔穿越时空
植入一缕炊烟的韵脚，火一样的
平仄，瘦了西风，肥了白马
梦里梦外，总有一些苑词
说的都是我和你听得懂的语言
此刻，石头多么安静

挽起长裙，撑开一把油纸伞
像丁香那样结一脸的愁怨
如果我不告诉你二十四桥的断章
那么我眼里的水，一定会打湿
这个秋天的月色

——发表于《中国诗歌》2016 年第 11 卷

来，静静地呼吸

来，静静地呼吸
静静地采摘大把的月光，晨露和花朵
静静地捻成线，捻成一粒烟火的韶光和温存

来，请来呼唤我
请让我的手握紧你的手
让窗外漂浮的柔软的空气都慢下来

慢下来，去看一只鸟儿飞进开启的窗口
看阳光下，树叶的影子在一个人的脸上横斜摇曳

来，静静地呼吸
静静地遇见一段时光
握紧它，我有十根手指
每一根都是一个着火的自由的世界

——发表于《中国诗歌》2016 年第 11 卷

你懂得

之后，从枯木到芽色
需要运用一些换算，
需要从身体里面拿出一些蛰伏的悲悯
需要一页白纸，和一个正直的理由
还需要走一个捷径

必须绕过那些缓慢生长的苔藓
必须消减一些寂寞。叶子越是靠近阳光
就越容易与一滴晨露保持距离

为了一片海提前走出另一片海
草率到渴望被骗。顺着风
叫醒夕阳和月亮的耳朵。亲爱的
——剩下的都属于你

——发表于《中国诗歌》2016 年第 11 卷

一条躺在马路上的鱼

跟前面的车子一样，一连串的跑偏

原因只是为了躲避一条鱼，它就那样躺着

身上有红色的血迹，它可能已经死去

或者正在死去的途中，傍晚的风使劲地扑过来

带着清水河的水草味，鱼腥味，或者还有垂钓者的汗臭味

在路上，我没有时间可以停留

甚至没有时间去揣摩一条鱼的眼睛

如果把宿命这样的词语强加给一条鱼

它的命运会有几种选择呢？

被大鱼吃掉，被水草缠住，被一个人

或者一群人当作宠物或者吃掉

究竟哪一种才是它喜欢的方式？

它别无选择，它听天由命

它在人类的江湖里无处可逃

——发表于《中国诗歌》2016 年第 11 卷

时光里隐忍的哲学

一

西北风丢下一把冷峻的刀子

转身，便在叶子里刻下沧桑和欲望

身体摇晃着，走过这浮躁的人间

这混沌的世界。毫无疑问

我必须拿出身体里发霉的惰性

二

沉下来，让肌肤保持水分

让裸露的土地再一次拒绝枯萎的命运

石头的背后，绿色奔涌而来

又像石头一样躲进月光的陷阱

是的，一朵温室的花

从不在意错过的季节

三

要么奢华，要么冷艳

要么怀抱一束光明

白日里，种菜，担水，劈柴

仿佛爱情是唯一可以期待的事情

当一场雪光临的时候

一颗心比任何时候都要洁白

但我必定不是寄生了一个谁

谁，也不会成为我的拐杖

四

尽管季节可以分辨天气

可以明确阴晴冷暖，可以聚合友谊和火焰

可以一次又一次推算出能够遇见的概率

太阳升起之后，有人仍在取暖

有人已经大汗淋漓。我们彼此庆祝

交换姓氏和掌心

五

哭过之后，我们相信

一切苦难仍在继续，一切花朵仍在发芽

一个人掉进传说，另一个

会伸手探测她的脉搏……

——获得《燕京中国精英诗人榜 2016 年选》一等奖

苏　醒

讲故事的时候
春天便也带着雨滴来了
荏苒的光阴一下子跳进一池湖水
有的人在岸边忧愁
他等不及与夹岸的桃花
一起破涕为笑

绿色总以一种撩人的姿势
诱惑着枝头嫩粉的芽儿苞
对于西北风那些肆无忌惮的表白
剧本里完全可以忽略不计
远方爱情怀想空气
这些客串人生的小可爱们
与我一起来到这陌生的世界

嘘，别说话——
我正在亲吻一把褐色的泥土

　　　　　——获得首届"太白杯全国诗歌征文大赛"二等奖

纸墨飞花

总有一朵花，是没有棱角的
她们随着季节飘落，被我洗净身子
层层包裹在一本诗集里面，打开一次
那香气就会淡去一点，而更多的骨骼
也会裸露出来

总有一个五月，是没有声音的
水花随着龙舟起落，千万次的呐喊
都被笼罩在历史的车轮里，伸开的手指
接不起更多的日月，可以窥见的秘密
都将吞没在风起的虚无里

总有一些回忆是精致的
就像妈妈手中翻飞的粽叶
那么多的米粒抱成一团
从晨曦的一端，到欢喜的另一端
最终成为一面镜子，让无数的星光
缓缓升起

灯　火

我自己也没有答案
想要说出一首诗里幽深的意境和喜欢
这需要把时间推移，把自己扔进一枚镜子
或者更准确的涂画一个内在的交点

人生，战争——
生命，和平——
用我们一贯的形容词：象牙塔，明珠
身体的贪婪以及思想的行为艺术

越来越明亮的街道，越来越精致的生活
眼球被无限的放大，一个人需要更多的物质和欲望
来支撑，支撑足以存活于城市的命运和传承
那迷人的光，那迷人的永恒的光
创造了时代的脚步，更新了思想和伦理

于是，我提笔，跟时光索要一个片段

一个黄昏的村口，一点饭菜的香气和一排齐刷刷的炊烟

一拨一拨回家的孩子，一盏一盏亮起的白炽灯

狗吠声，鸡叫声，浪费了一粒米的责骂声，

哭声，笑声，男人的打鼾声

这所有逼入佳境的美学素描，最后落在一张张

素净的白纸上，排上密密匝匝分行的小楷

眼里欢喜，心里也欢喜

或者这欢喜就是最直接的证据

足以照见人类日渐苍白的灵魂和孤独的身躯

如若叩问，就先找到写下"灯火"的欲望和理由

——发表于《长城文艺》2016 年 12 期

问　号

我在等一场雪

2016 年，冬天的第一场雪

空气在描述着尘土的繁华

北风来也匆匆，去也匆匆

新闻播报全国大部分地方都被雾霾笼罩

山顶上的树又老去了一点

我不问。是谁？

要从苍茫中抽出一丝微小的情绪

然后，以优雅的姿势打开新一轮的战争

那份纯白，若有若无

逗　号

一场又一场的冷如约而至
此时你还看不到梅花的影子
尽管已经十二月，一些菊依然端庄
看着河面一点，一点瘦弱下去
我需要在哈气的时候，停顿一下
然后让一些守候，慢慢拉长，拉长
在城市的霓虹里缓缓地
飘落，飘落

省略号

如果，我说爱上了你
就像爱上了冬天的一场雪
你定会抛出一个夏天的绣球
以蝴蝶的姿势，翩然而至
一些绝美的逦色必然临水而舞
我没有办法俯身，没有办法
将不确定的情愫，轻轻拾起
在这样的一个冬日
雪花还没有光临
远方，隐隐……

感叹号

给我一些赞美吧
我知道所有的爱情都是独一无二
一个人坐在这空荡荡的城市
守着半盏余温，嚼着一阕宋词的韵脚
生活时不时地打上几个喷嚏
偶尔只是感冒，偶尔却是
一个人的名字！

句　号

打下这行字，我想我该走了
穿上厚厚的羽绒服，尽管温度不及
妈妈的小棉袄
但不要执意将我找回，我需要在一些记忆里
慢慢行走，哪怕她会有一点点晃动
我需要露出一丝可以倾城的微笑
如果很二，如果你愿意陪我一起很二
如果没有如果，你可以看我的眼睛
而我眼里也会有一个温柔的你

暖　泉

那些被时光风干的绮丽传说，很美
沿着岁月流经的方向，即便改朝换代
即便化作一池浑水，依旧执拗温暖地
一任烽火硝烟，悲欢离合

或许，这泉水已经无法计算
那些被离别的刀锋划伤的疤痕
莫名的悲伤向我袭来
轻轻地展开一段时光
这爱的源头，最初的波光和温度

在没有找到更美好的词汇之前
我只能用眼睛去挑衅
那池边洗衣的妇人，如若还是
云鬟高挽，轻扬木槌，玉臂微露

在皂角里浆洗声声，这泉水定是平平仄仄
定是从前无恙，而从前是那般遥不可及
就像爸爸曾经英俊的脸庞——
如今，耳聋，眼花，满脸的蜘蛛线

人始终还是渺小的，当面对更为庞大的事物
比如这泉水，比如亘古不变的暖
你始终都无法嵌入它的内心
无法解读那些岁月里的木鱼清音

——获得2016"中国诗歌网杯'美丽河北，
　　名村古镇'网络诗歌大奖赛"三等奖

向迅诗歌选

中年的江水

在这里，人们更习惯把那道江水
叫作扬子江，把浮沉于江中的岛屿
叫江心洲。可是，在我一次次乘车
往返于江北与江南
望着车窗外奔涌不息的山河之时
我都不曾想起这些

反复回旋在我心底的是：这些年
我被另外一道江水裹挟着
从心气猛如虎豹的上游
流落至山平水阔，人生矮了一大截的中游
在此期间，许多往事与故人
如同被洪水轰然冲走的一块块陆地
永无重返故里的可能
最不可饶恕的事情是：我们的父亲
在去年夏天，也被一条河流带走了
如今，他曾经关心过的这个世界
一如往年那样令人压抑
却不再与他有一分钱关系

再次途经那道叫英雄气短的江水

五月的阳光在晃荡的水面掷满金币

轮船、货运船与挖沙船

如同与我同龄的兄弟，正加大马力

在中年的河道上向着落日的方向飞奔

隔着那列和谐号动车，长江大桥

以及悬置的一段时空

我听见了江水沉重的喘息

致父亲

从那个黄昏开始，你就成为
我们生活中的阴影和雷区
闪电时常划亮漆黑的夜空
瓢泼大雨被摁入记忆的深水区

你用你的死给我们上了一课
可我们依然像往年一样
善于编织不回家的谎言
母亲成为无人看管的孤儿

她在你的墓前种满了庄稼
土豆、玉米还有各式菜蔬
以前，你们水火不容
现在，各自闭紧了嘴巴

你的墓地紧邻你的父亲和母亲
在一条马路之下
每次路过那里，我都会屏住呼吸
假装什么也没有看见

但只要想起那个万物安静的黄昏
我总会产生这样的幻觉——
你好像刚刚离开我们
却又像已死去多年

再致父亲

梦境已演变成会面的巫术
而即便是在梦中
有时候你也已经死去

世间的一切不曾停止运行
衰老在你的同辈人中间
蔓延如同瘟疫。他们的白发触目惊心
他们的牙齿相继掉落
每天也有无数个新生儿诞生
他们啼哭嘹亮，完美无瑕
让万物汗颜，自卑，惭愧

我总认为你还没有活够
可是很快——
我们就已适应你缺席的日子
而且在提起你时，总是显得无比慎重

要不了多少年，我们就会把你遗忘
新长大的孩子们
不会知道这个世界上
曾经有你这么一个爱过我们的父亲

远方的陌生人
就更无从知晓了

虚构的时间

这是我在一个无名小站

忽然想起的一个句子

那时，火车刚刚进站

到站的旅客，拖着笨重的行李箱

在六月的站台上留下一串串

刺耳的回声。一个往嘴里递着纸烟

低头玩手机的年轻人

以及跟在他身后的一个戴着眼镜的

中年男子，被我捕捉在镜头里

逆光中，他们轮廓清晰

表情却与已经远去的二十世纪一样模糊

我们彼此陌生，素不相识

在站台另一侧的铁轨上

一列运送货物的火车停在那里

它全身漆黑，一声不吭

陈旧得就像被人们遗忘了上千年

列车上方，是密密麻麻的电线

它们把一座淡蓝色的大海

以及漂浮在海平面的白色泡沫

切割成了无数条碎片

而更远的地方乃至刚刚开始的六月

正被层层热浪包裹

南方的夏季已经来临

但是我知道，火车开过之后

我在这里所看见的一切

终将被世人遗忘

虚无之夜

妻子上班后不久，瀑布般的黑夜
就从窗口倾泻而下
整个世界在瞬间骤然缩小——
道路在坍塌，城市在沦陷
孩子们欢快的叫声很快也消失了
我掌着灯的书桌
像是最后一块没有被黑夜
这个独裁者占领的国土

为了对抗虚无，我坐在电脑前
胡乱浏览着世界各地的新闻
巴格达爆发大规模游行示威
阿富汗首都使馆区遭袭
……
这些寒冷的消息，让我在这个隆冬之夜
陷入从未有过的孤独
但我并没有因此而沮丧——

在我身后的书架上，不可一世的独裁者们

最终都被推上了历史的审判台

关于自由，一些著作也有相当精确地表述

譬如在遥远的法国

通向它的道路，就曾一次次被阻断

结果又一次次被巴黎人民夺回

譬如那堵坚不可摧的柏林墙

在轰然倒下时并不需要一辆坦克

——然而此时此刻，我对于自由的理解

是再过半个小时，妻子的脚步声

就要敲响楼梯间的台阶了

母　亲

这是无数个下午中的一个
她忽然放下手中的锄头
在空旷的田间地头拨出了我的号码
她需要向远方倾诉

她的委屈，经过了长途跋涉
在电话里被无限放大
我徘徊在一个空荡荡的地方
不知道该怎么安慰她受伤的心灵

在灰蒙蒙的鄂西山区
被生活伤害得只剩下愤怒的母亲
即使此时脸庞被阳光照耀
我也能够想象
堆积在她心头的雾霾有多厚

过去，她在白天吃了多少苦
就在黑夜偷偷抹了多少泪
而现在，泪水已经流干
栏杆已经拍遍，她不得不把它们
拐弯抹角地说出来

这一切，都源于她不幸的婚姻
两只生活在同一屋檐下的刺猬
既改变不了两败俱伤的命运
也看不穿小人的离间计

——倾其一生积攒起来的一点爱
与信任啊，如同薄薄的积蓄
差不多已被花光耗尽

这个不幸的人，此时此刻
多么需要一个温暖的怀抱
可是，刚刚伤害过她的父亲给不了她
隔着大半个中国
我也给不了她

秘　密

那些看似永远年轻的水杉
忽然间就老了
那些金黄的岁月，在我到来之前
已铺满林子间的空地

我不知道被谁吸引而来
可还没等我放下脚步
什么东西，就像我刚刚在一个拐弯处
碰见的那只松鼠
忽然把自己藏了起来

我站在寂静中间，望着越来越贫穷的树枝
风声已经远去
而时间的骨骼，正在我的脚底
发出密集而细碎的响声

这些沉默的上帝之子
对于人世间的秘密
一直对我守口如瓶

落叶不顾一切地落下来

落叶不顾一切地落下来
没有谁能阻止
就像它们当时在枝头不顾一切地呼喊春天
也没有谁能阻止

不记得是从哪一年开始的了
行走在日渐贫穷的大街上
我感觉那些从天而降的叶子
就是从我身上落下来的

一年又一年，我落下的东西
越来越多，它们差不多
也已铺满了我所走过的那些
田间小路，空旷的大街

我知道，终将有一天
除了爱情和与爱情有关的传说
我们所拥有的一切
都会像落叶一样
不顾一切地落下来

多年之后

多年之后，我也会和他们一样

习惯坐在小区广场的台阶上

佝偻着身子，一边和别人漫无目的地聊天

一边用余光拴着与伙伴们嬉戏的孙子

而对于在我身上缓缓爬动

并最终翻越了我落满白雪头顶的晚霞

苦楝树淡黄色的果实落在水泥地面的声音

浑然不觉，直至钻石般的灯火

被晚风轻轻拨亮。那个时候的时光

有多漫长也就有多短暂

长安集

那是快进合肥南站的时候，我在车窗里望见的
一个站牌名。尽管它在恍惚之间
就消失在上午斑驳的阳光中
可我还是忍不住回头把它望了一眼
又望了一眼

我记住了这个名字。就像这一天，我在火车站的
茫茫人海中记住了上洗手间后的父亲
向我蹒跚而来的身影
记住了浮现在他脸上秋天般缓缓燃烧的焦急

在武汉站的这个早晨，我们来不及挥手告别
我就兔子一般跑进了澎湃的人群
跳上了这列即将关门
在铁轨上制造闪电和旋风的高铁

那个时候，刚刚出院一天的父亲
像一匹虚弱的老马，正喘着粗气，神色迷茫
他站在人群的前面，几句话卡在声带嘶哑的喉咙里

那个时候，我听见火车站全部的孤独
在顷刻间像未卜的前途一样压向了他
并命令他沮丧地坐下

等着坐火车的人

他们一律背对着我。在站台上
眺望着火车开来的方向
他们晃动的背影，像秋天的树叶
被来自铁轨尽头的风吹着

他们在风中低声交谈
他们吸着烟。他们什么也不说
有那么一刻，整个站台
都陷入了无边的寂静

时间就在我们头顶咔嚓咔嚓响着
只有当火车鲸鱼般的头部
像日出一样闪现在地平线上时
他们才开始了虫子般的蠕动

注定了，这列疾驰而来的火车
将载走一个个孤独的省份
就像一个扑面而来的时代
将载走所有的细枝末节

——包括那些谁也不认识的背影
我藏在身体里的
比铁轨还要漫长的茫然
比铁锈还要鲜艳的慌张

等着坐火车的人
是那样无奈，又是那样焦急
恨不得焚烧自己
连同那个贫穷而寂寥的秋日

灌木丛

我说的是海边的灌木丛。匍匐在那里
不可能把大海据为己有
也不可能和那些马尾松一样攀向天空
那架蓝色的梯子，总是被悬置在风暴的中心
当然是沉默的，比裸露在山坡上的
岩石沉默，比海堤上的礁石沉默
我们乘车路过它们时，也就没有听到一丝回声
看起来是那样平静，好像什么也不曾发生
那一面倾斜的山坡，也因它们的存在
及时刹住了坠向大海的脚步
但在这个炎热的秋日午后
我在它们向陆地倒伏的身形上
依然看见了龙卷风的狰狞面孔以及大海的怒容
命运的爪牙啊，遍及每一寸国土
我说的这些海边的灌木丛，安静，浓密
披着一身比黄金还要闪亮的盔甲
却捂着不为人知的痛苦

动物园

我和父亲在动物园看见的老虎
没有一只醒着。王者的风范
在多年前就退回了身体里的深山
我们在看台上大声吆喝
甚至有一个抱着孩子的年轻母亲
向它们的身上投掷矿泉水瓶子
它们仍然无动于衷
记忆里的威严，即使忽然像风雨一样大作
也只会被看成一场即兴表演

抱病前来动物园参观的父亲
在过去的几十年里
总是像老虎一样教训我们
风雨雷电就住在他的身体里
而如今，在我们温和的批评声里
他时时露出羞怯的笑容
偶尔替自己辩解：
"那些小孩，又没有抽烟，
肺部是怎么生病的呢？"
活像一只小猫

父亲在人群里叫我的名字

我刚下天桥，正准备艰难地分开迎面而来的人群
直奔医院的大门而去
（我要去看父亲，他住在住院部七楼
胸部肿瘤科第八病房）
可没走出几步，我就隐约听见
有人叫了一声我的名字

我以为是幻觉，没有回头
在人头攒动的医院门口
在人烟稠密的武汉，除了在此工作的妹妹
和远道而来看病的父亲
没有几个人认识我

直到那个声音反复响起，并离我越来越近
我才犹豫着转身——
只一眼，我的目光就在人群里撞见了
另外一个人的目光
他在目光里挂满了欣喜的珍珠

我停了下来。他则像电视剧里的男主角一样
急促地走近我，差点就扬起了这半年来
让他疼痛难忍的手臂
那副样子，好像我们失散多年
如今又偶然在这陌生的武汉街头相遇

而当我们并肩行走之时，他只是平静地告诉我：
"起得特别早，出来转转。"
他没有把他身体里的疼痛写在这个清晨的脸上
我也无意把他的谎言揭穿

春夜读史

这是人间三月。落在树叶子上的
月光，哗啦哗啦地响
三株紫叶李，在窗外唱起了
赞美诗。据我所知，每一个听众
都想在闭目间将那些疑似梵音的曲子
请进内心的教堂。那儿
并不是终年烛火通明，时而蛛网密布
尘埃遍地，时而被雨夜吞噬
但是现在不一样了
黑夜是可以用双手推开的
青铜质地的门环上，闪烁着星星的密语
"让我们自由地迈向未来，
但要保守秘密。"
我坐在屋子里，陪着新婚的妻子
我们只打开两盏台灯
灯光将书页和书页里的故事照得雪亮
这个情节，有点像一些形容狼狈的人
会一直陪着衣衫褴褛的祖国
度过历史上最黑暗的日子
当然，这个比喻是不确切的
因为我的妻子和三月一样貌美
我的祖国，亦正被紫叶李的
赞美诗所覆盖，所安慰

我们总是沉默以对

他身体里的海，比一年前更加平静了
他储藏在心里的孤独，比整间病房还大
他走到哪里，孤独就在哪里弥漫

他不愿意把它们说出来
就像这半年来，他一直忍受着病痛的折磨
从来不吭一声

我也不愿意把它们说出来，我们总是沉默以对
就像祖父还在人世时
他们父子也总是沉默以对

好几次，我看见他大汗淋漓地从梦中醒来
偷偷地抹着眼泪却假装什么也没有发生
我也假装什么都没看见

我不知道该怎样安慰
他孩子般的脆弱，波涛汹涌的内心
也不知道该怎样安慰自己

东江湖叙事

最先想到的是海。在青色的山峦间
它动荡不安。一个踌躇的赤脚少年
踩不住大海的脚，便纵身一跃
跳进一只岸边的渔船，在船舷上练习平衡术
海，因此更加动荡不安

翡翠慷慨地冲向渔夫，游客，岩石
卷起碧绿的浪花，然后迅速撤退
像羞涩的初吻。如此反复
我总感觉是对岸的青山与山顶的白云
在冲撞着我的内心

（这个十月
确实是有一只小舟把我身体里的那座大海
翻搅得波浪滔天，那个自诩为舟的姑娘
此刻正坐在船头戏水）

我们在码头吃过了水煮东江鱼
再吃满山满海的烤鱼
嘴角与肠胃都被东江湖给填满了
偶有南风来，鱼群便在我们的身体里
大口吐着珍珠

如离弦之箭的快艇，终于把我们送入画中
人满为患的岸越来越远
青山触手可及
大朵大朵的白云，被我们挥到苍茫中

我们在扑面而来的疾风中
大声呼喊着彼此的名字
刚一出口，风就将它们快递到了远方
那里，刚刚飞过一行绝句般的白鹭
我们的名字在整个湖区回旋往复
并在青山间广为流传

可我依然是惆怅的，我只能在回忆里
再现这幅画，而不能像渔家那样
在宽阔的湖面上像鱼和风雨一样自由来去
必要时，还可以归隐山林
用一瓢湖水烹煮春秋

寂静的春夜

九点多了，我们临时决定下楼散步
前两日骤降的气温已经回升
梅花一样的星斗
是落叶红松在梦中拧亮的灯盏
风一吹，就摇晃

通向公园和古黄河的林荫小道日渐开阔
人世间的温暖，也将越来越多
被夜色笼罩的城市
是一个即将打烊的酒馆

这已是一个寂静的时刻——
柔软的风声，在城市上空
缓缓流动。你时急时缓的呼吸，在耳畔起伏
前几日略显潦草的天空
已经荡起蓝色的涟漪
黑夜不再像一堵坚不可摧的墙壁

我原谅了那些在一个清晨
将一河金黄芦苇砍倒在地的人
原谅了那些迟到的蜜蜂——
它们永远错过了蜡梅的花期

我也原谅了迟钝麻木的自己——
我们这对新人终日沉浸于柴米油盐的幸福
却忽略了一个隆重的婚礼
正在有条不紊地筹备

青铜峡的黄河

这一晚，他既是父亲，又是母亲，
将收容我的全部！

——题记

我坚持在这里，比一块突兀的岩石更倔强
我在多年前就已备好了纸和笔
沸腾的词语和夸张的修辞
还有闪亮的马鞍
——生活太过于沉闷了，需要那么重重一击
那些在胸膛上冲撞而出的火花
把灵感燃烧成古铜色的火焰

来的时候，身体里那道江水的水位线持续下降
一个镇子一个镇子的饮啊
再注满的已是我熟悉而陌生的语言
另外的一道河水
置换了我的昨天，今晚我的身体
将在他的岸边下榻。不知道还有多远哪
我已隔着胸膛听见了血管即将发生暴乱

一切都是我想象的样子，一切又都不是！
我在心里一千遍一万遍幻想过他的样子
我在郑州见过他的样子
在鄂尔多斯高原也见过他的样子
而在这里，他竟陌生得像我青年时代的父亲
他在落日余晖里敞开的胸膛
是我见过的那些老艄公古铜色的历史

很多人都入睡了！一整个白天已被卷入漩涡！
那些远山，是还未被擦拭干净的铅色笔迹
河水中裸露出来的礁石是村庄
几点灯火，是几颗漂浮着的黄河水珠
静极了！嘘！月光在淡黑的叶片上
发出钟表指针走动的声音
而整个北中国，正枕着一条河水的波涛汹涌

我是无能为力的，在这青铜色的岩石前
我还是暴露出了一个南方人的软弱
那些纸和笔，那些词语和修辞
都是软弱的。那马鞍
也根本套不住一匹惊起冲天巨浪的猛兽
我在一次次声嘶力竭地呐喊之后
又一次次陷入岩石巨大的沉默

我的身体日夜轰鸣！一支瘦弱的笔管
怎是他的对手！所有的准备
化为乌有，我的身体成了他热爱的南岸
斯文的过去被冲刷殆尽
而这，我竟有些怀疑是不是另一处故乡
青铜峡边，一人独自饮醉
这一晚，我是他千里浪花上的一朵

1984 年：清江

是她给我进行了完整的胎教
我出生之前的呼吸
是她的潮水一次次冲上峡谷陡峭的堤岸
又一次次落到宽阔的河床
我隔着母亲的身体
吮吸着黑暗世界中唯一的光亮

还没有出生，就已打上了她的烙印
她是我最明显的胎记
——我的身体里
日夜轰响着一道江水的回声
我的啼哭声，这世上最嘹亮的伤口
将怎样被母亲包扎

——江水一般吸不完的乳汁
把我哭破了的黑夜和黎明，一起喂养
我是她最亲的孩子
最微弱的支流
江边小镇电闪雷鸣的日子
也和母亲的子宫一样安全，温暖

使至塞上

从长沙到银川，时空小小地转动了
那么一下。按我现在的速度
以往出使塞上的人，非得累死十匹快马
这是我多少年来一直仰望的地方
那地图上的一小块绿洲
现在却大得惊人
你喊出去的声音，最终累倒在途中

夜空里低低嘶鸣的，是那古老的河水
我白日里见过它的样子
那是一场从未停止过的战争
偌大的宁夏平原
以辽阔的静寂，悄然抚平了一个人的孤独
在这样一个地方，不写点诗，不喝点酒
简直就是罪过

我怀念古代的那些朋友！他们从长安城里

开始，发了一肚子的牢骚

在这里却陡然熄火了

平日的文弱书生看见了长河

就平添了一些英雄气

可他们哪里晓得，拐了一个弯的黄河

仅仅属于一次醉酒事故

很久了！我所见到的那些景致

总让我一下子改不过笔误

一个江南人，来到塞外

竟误以为只不过是在故乡迷了路

只有窗外月光的寒冷

提醒我是在哪里

我这个替内心出使塞外的人哪

星　空

好像淘金客刚刚上工。好像他们
碰到了好运气。好像太阳
落在蓝色的水里。好像远方的雪山
在镜子里闪光。好像乡间常见的梦花树
打满了花骨朵。好像我在外省
望见了故乡的灯火

它们让我想起多年以前
坐在哑巴舅舅的膝盖上寻找的那颗流星
他咿咿呀呀的手语和星空一样神秘
让我想起，那么多个夜晚
我在长沙火车站的茫茫人海中
寻找的那个人

可是在这个十月，我想得最多的
还是父亲止不住的咳嗽
母亲数不清的愁绪
那些密集而璀璨的灯火——
正是从她心中的那只竹篮子里
漏下来的水珠

九月初九

两年前从乌鲁木齐跟着父亲

坐了三天三夜火车的格桑花

土生土长的菊花

都恰逢其时地拧亮了自己

可赏花的父亲，比一阵晚风

还要虚弱。他肺部菊花状的阴影

在这个秋日笼罩着他忧郁的脸庞

刚刚从武汉回来的他

已无力也无心像往年那样

不顾母亲的反对，呼朋叫友

划拳行令，饮下一碗碗烈酒

他只是平静地对母亲说：

找个日子，剪一些花朵

晒干了泡茶喝

两只羊

若不是它们的叫声
与它们的颜色一样洁白
我一定不会发现它们

若不是它们的颜色
与它们的内心一样洁白
我一定不会记住它们

若不是它们的内心
与我的童年一样空旷
我一定不会像这个黄昏一样
不停地举头回望

它们被主人遗弃在荒野
一整天的时间
它们都在咀嚼像秋天一样蔓延的孤独

只有我和母亲从那条荒芜的
小路上经过时
它们才从青草间抬起了神一样的脸

那样干净

那样善良

那样慈悲

与我在长沙看见的那些

被拴在某条马路边

无望哭泣的羊没有关联

与地上发暗的血迹没有关联

它们洁白的叫声

在这样一个可有可无的黄昏

叫醒了一个沉睡多年的少年

而更多的黄昏

也被叫醒了

县　城

我早就停止长高了
可比我年长许多个世纪的县城
还在疯长

那么多被脚手架包裹起来的
楼房，像是自父亲肺部隆起的阴影
总让我提心吊胆

我曾在此生活过三年
可是现在，我再也找不到
一条熟悉的小巷

我坐在公园的一条长凳上
望着一张张陌生的面孔
感觉我们从未相逢

过去的那些时间
一定是被拆迁队连根拆掉了
我再也听不到它们的声响

县城正越来越大
而我的容身之地
正越来越小

究竟是什么让我辗转反侧

紫叶李的花落完了。雪白的略带皱褶的花瓣
被突如其来的倒春寒溅了一身泥水
一些葬身于车轮，更多的去向不明
但是日渐繁密的阴影里
仍然回旋着星星鸣叫的声音

还有更多的花朵落下来。紫玉兰，白玉兰
桃花，正在怒放的梨花与海棠
这些与历史毫无关系的事情
反复强调着一个人人习以为常的认识：
美好的，总是短暂的

可历史又以另外的方式告诉我们
纵使一场千年不遇的大雪
也终有融化的一天。一千个春天
将从泥泞之道上返回。一些已经死去多年的
春天，也将被人们重新纪念

在这个气温骤降的春夜
我说不出究竟是什么让我辗转反侧
但我总感觉黑夜里还住着黑夜
黑里还住着黑

群野生辉

在我知道中国的汉字里生长着这个词语之前
我已见识过它所赞美的情形：

那是五月翡翠的山中
童年的我与一株尚未张开翅膀的百合相遇
它修长的脖颈亭亭玉立于寂静的灌木之上
它雪白的翅膀，被一层光晕笼罩
并滚动着晶莹的珍珠
那一定是天鹅正在山间用内心练习舞蹈
它翅羽的光芒照亮了五月流动的山野
一个孩子怦怦跳动的羞怯
乃至整个宇宙

多年之后，那些光芒依然在我的身体里
保持着一支百合的形状，并像五月一样新鲜而灼人
它们时时提醒我：
"勿与美过于接近"

因此，我一直以为这个词是独属于春天的
或者说它独属于那支童年的百合

安　慰

那是在陵水椰田古寨

一坛坛装着毒蛇毒蝎的蛊酒

还在让我头皮发麻

几十个雪白的牛头骨

又豁然立在我的眼前

它们排着整齐的队伍

圆睁着一双空洞的眼睛

朝着同一个方向张望

我的目光被钉在了它们身上

以及它们的目光身上

生疼，像被一根鞭子抽打

却不知道拿什么安慰它们

直至看到一盏马灯

——在没有月亮的夜晚

它们可以拎着这盏灯

回到多年以前的故乡了

故乡这块旧钟表从未停止走动

我一年年回归故里，从不声张，更不敢
大张旗鼓，甚至不愿意提前通知
那两个在孤独中取暖的老人
我不是想给他们惊喜，而只是想把每一次回乡
都当成是一件再平常不过的事情
把必然的相逢与相聚，皆归于自然

父亲年过六旬，还有一口好牙齿
只不过腿脚愈加不便，遵医嘱
既不能吃酒，也不能抽烟
前几年尚沾沾自喜的视力已不及当年
戴上老花镜的先生
在记账翻阅农历时，从没有人怀疑他的学历

母亲的头发早已花白。她用一盒盒染发剂
把真相隐瞒多年。我总以为她
还是当年那个年轻力壮的农妇
可是她的脸在枯萎
皱纹和斑，出卖了她的良苦用心
可内心再苦，她也不愿把苦汁倒出来

世界上有那么多好地方，唯有这一处
我从未感受过寒冷。童年的大雪
还在纷纷扬扬。少年的田野
愈发茂盛。列队坐在清江对岸的群山
既没有多一座，也没有少一座
日出与日落，依然重复着多年前的轨迹

故乡这块旧钟表从未停止走动
虽然它的滴答声带走了许许多多美好的时光
但只要我回到这里
就会立马适应它古老的节奏
我内心的秒针，细数着人间的光阴
收集着灯火的温暖，不让它们轻易溜走

饮茅台酒记

我们四个人，人手持一只小小的酒杯
一口一个。可总有几滴
像是什么话，沾在干枯的嘴唇上
欲落未落。往事在缭绕的烟雾中闪闪发光

我们不是英雄，这个时代不适合他们
即使胸怀间偶尔住着一个
我们也要用小小的杯盏，将之灌醉
让他变成一头永无出头之地的困兽
慷慨与激昂，已成绝响

窗外细雨霏霏，十一月的寒气已经开始杀人
好在我们有酒壮胆，有肉暖身
但谁也不提离别的事，仿佛那是多年以前
已经发生过的事
或是多年以后才会发生

当我们在雨幕里拱手告别之时
才恍然记起该用大碗喝一场
该像英雄们那样，痛快淋漓地醉一场
可是我们略显醉意的身影
很快被细雨淹没

望　远

我们是乘坐电瓶车到的山顶
那里空旷得如同庙宇的大殿
我们凭栏为大海拍照
并谈论它的浩瀚与雄伟
"它随时都有可能直立起来"
但在我们的话语系统中
它自始至终都只是栅栏之外的事物
事实上，我们所在的分界洲
在陆地上远远望去
只是大海露出来的一截
青色背脊。而那块陆地呢
也不过是一座岛屿

春天不是一篇命题作文

春天不是一篇命题作文。纽扣一样的花朵
像命运一样绽开。河流的裙子
越穿越低。天空这个凹透镜越磨越浅
而栅栏的颜色渐深
第一个日出呀，吻到了我贫瘠的额头

这一切，都像是冬天的一场大雪
在一夜之间覆盖了人间的道路

我真想是一个花骨朵，被春风轻轻吹破
我真想是一滴春水，点燃一根枯去的树枝
我真想在你的嘴唇里呀
吻出一匹嫩芽一声雏鸟的叫声
但我更想是天空，所有的生命都向它看齐
仿佛那儿，悬挂着无数双上帝的眼睛

如果我是它，我也会给你们自由
我不会下达愚蠢的命令
让你们穿同一种衣服，开同一色花
你们内心的秘密
就是我怀抱里的星星

在春天，我看见了命运的必然
你瞧，羊群跳出了黑色的栅栏
一道道雪白的闪电
向山坡冲去，向天空冲去

沿途所见

如果是你，在一个百无聊赖的秋日的下午
正打着哈欠，忽然望见原野的那一边
一列绿皮火车正在桥梁上拐弯
你会不会祈祷时间的脚步迈得再慢一点？

——那会儿，无数双眼睛醒来
每一双眼睛里，都有一列火车在拐弯
车轮与铁轨撞击出的响声
被风带到了天边

许多天过去了，这列拖着几十节车厢
在桥梁上缓缓拐弯的火车
还不时倒退着回到我的眼前，重复那个动作

我不知道它从哪里来，又将开往哪里
但它必将和我一样
与一个孤独的黄昏，在苍茫的原野里
在人生的中年狭路相逢

如果不是那些庙宇般的山冈

不是那些经卷般的河流

不是河滩上，那些和出家人一样安静的

马匹与牛羊

——我知道，被我困在身体里的那头狮子

必将醒来，而且会与落日一道

重重地坠入悬崖

为什么车窗外总是寂静的

谁也不曾告诉我答案。那列在对面高架桥上
把自己弯成一个弧形的绿皮火车
缓缓驶过这个黄昏时（就像这个黄昏
不动声色地驶过车窗外灰色的田野）
为什么不发出一点声音
那些落光了叶子的树木为什么不说话
那些独自站在山顶的铁塔
为什么不去远方，那些黑色的被洒落在山坡
和河滩的牛羊为什么不抬头
那些偶尔才能见到的匍匐在田野里的人影
为什么一晃就不见了
就像他们从未露面，就像那些默不作声的
村庄是空的，就像那些闪着光的河流
永远不会流动，就像车窗外的
那个世界，只有四季变幻着魔术
这一年，我在同一条线路上频繁往返
就像乘着吉卜赛人神奇的飞毯
经历了春夏秋冬以及人世间的寒暑
可是谁也不曾告诉我

为什么车窗外总是那么寂静

我曾怀疑是上帝抽走了所有的声响

抑或窗玻璃切断了两个世界的联系

直至这个贫血的黄昏

当我乘坐的高铁一头扎进大别山区的隧道时

我才恍然有所悟：田野深处逶迤绵延的群山

是不是一座座古老的无名庙宇？

那些被树枝抱紧了的鸟巢和蜂窝

是不是一座座让人心怀善意的乡间教堂？

而我们所乘坐的火车

是不是只是一道闪电

并不会在大地上留下一丝回声？

正午的街道

沿着这条街道走下去
平原就会降落到你的眼前
在那儿，秋天正往南方撤退
空旷的田野
像是一座刚刚经历战乱的城市

人行道上落叶纷飞。那是孩子写给母亲的信
那是上帝撕下了这一年的日历
那是万物做出的破釜沉舟之举
——严冬将如猛虎降临

我目睹了这条街道的辉煌与衰落
就像目睹了坐在街道尽头的
一位清洁工阿姨的辉煌与衰落
她背靠着坐在清洁车前
她银灰色的头顶，落叶纷飞

我小心翼翼地从她面前经过
破碎的时光在我脚下小声抗议
多少有一些悲伤在我心间弥漫
但是，只有在这一棵棵树下经过
你才能理解里尔克的诗句：

"雪花上千次落向一切大街"

沿着这条街道走下去
夜晚就会降落到你的眼前
在那儿，阴影正往内心撤退
月光，星斗，大海
将毫无障碍地落到你的头顶

春夜随笔

今夜的星空我一言难尽——

古老的叙述者，讲述着古老的故事
那轮新月疑似第一次在人间升起
篝火遥远地燃烧，孤独那么清晰明亮
比骨头还干净的地方
除了种植理想，还容得下什么

我在小区的红砖石路上
看见很多新鲜事物，不知是它们
正从大地上徐徐上升
还是正从天空缓缓沉降

与我一湖之隔的小山，此刻独坐不语
春天已在怀中发育良好
更为辽阔的山河在它身后起伏无尽
几声隐约的狗吠，如同并不确定的往事
散发着油菜花金黄的酒香

我无数次沿着一条宽阔的马路
目送过暮年的太阳
涂满落霞的平野尽头，就是我告诉过你的天边
迄今为止，除了蝴蝶、浪漫的野花
我不知道还有谁到达过那里

我徘徊着想起北方的另一个星空
清江中游灯火扑闪的小镇
那些辗转迁徙的来时路
在这个晚上向我全部打开

我曾举起右手对信仰庄严宣誓
举起心对故乡庄严宣誓
举起爱对你庄严宣誓。可是在很多国家
祖国只是被流放者背在身上

今夜的星空啊我一言难尽
远方的大河它睡着了

鸽群随笔

鸽子飞过的天空，在这个黄昏铺满了云朵
一块未经雕琢的大理石桌面
挤满了土豆的田野
我也想到了被鹅卵石清洗得清且浅的河床

春天已有身孕，谈吐间一派母亲气象
可我在下班途中，并未误入美的泥泞之道
市政大楼的屋顶上，鸽群云集
鸣叫声繁过凋谢的迎春花和盛开的雨点

隔了一条宽阔的马路，隔了一座人民公园
隔了一个漫长的黄昏，它们依然没有消失
我无法破译它们集会的主题

无数次从这条路上经过
今天始才羡慕它们，这些热爱自由的家伙
视斑马线和戒备森严的保安亭为无物
出入市政大楼也无须出示身份证
即使吵翻了天，在屋顶上拉满了粪便
也不会出现红袖章

在一丛杜鹃花前，在嘈杂的鸽鸣声中
我忍不住停下脚步
凝视祖国的这个迷人的黄昏——
鲸鱼在天上翻动，蝙蝠滑过湖面

我忽然惊醒，除了爱，什么也不会留下
除了自由，什么都不要歌颂
除了你——
我仍一贫如洗

暮色随笔

我像迎接日出一样为它爬上山顶——

新雨后的空山，空得没有一声鸟啼
树枝上栖着的新月
是灯笼花树
在这个春天长出的第一片鹅黄叶子

——多个世纪以前
有人在长江边说山高月小
而我在山脚的人工湖边看见的
却是山小月高

"暮色啊，命运一样的家伙
正和远方一起牵着几匹遥远的狗吠
向我包抄而来。它们小心地越过灯火
这道松垮散漫的栅栏
越过我——这最后的一块陆地"

现在，我站在一块碎裂的灰蓝碗底之下
给你打电话——
我们反复说起上帝，命运，救赎
说起过去与未来。磐石般的沉默
仍不时像林子里的阴影
幽灵一样袭击我们

昨天同一时刻，我们差点就被一片沉重的暮色击倒
我在故去的断桥边无语凝噎
眼眶里泪花闪闪，我已彻底顺从命运
和天意。慈悲的山神一直望着我
他的脸上布满了秋天的风景
头上却开满了迎春花
他叫我仰头，呀，我的头顶也开满了星星

——可是春天啊，你已别无选择
即使抵押上你全部的花朵
也不能阻挡一场暮色的来临

西月诗歌选

仙米印象

背对城市森林
我常常想起仙米
它醉人的绿
翡翠的光芒
千转百回的河流
月亮跌入林区
山峦静默无语
宛如爱人的手指
轻轻滑过脸庞

它零散的村落
暮霭中升起的炊烟
让幸福的张望像绿色的林带
缠绕着千山万水
那次第铺开的绿
比海的颜色蓝
比海的辽阔深

在仙米
温暖是一棵树的距离
它将你疲惫的心悄悄收留

在这里

我惊诧于自己奇异的想法

我怎么不是你——

几十万公顷中的一寸沃土

一万多种植物中的一种

二百多种动物中的一员呢

清晨饮着雨露

傍晚沐浴彩霞

静静聆听森林的呼吸

群鸟的欢唱

看林中寒暑往来

依树静听仙米寺的钟声

穿过层林

像獐一样跑进你的内心

仙米

请允许我

变成你怀抱中的一棵树吧

我不愿成为物质上的富翁

而沦为精神上的乞丐

我愿为你

浪迹终生

晨风中的祁连山

在黎明的风里游走
你只想和一只鹰
一只雪豹，一片雪花
来完成简约的一生

站在山下的人，迎着风
和一些草木相拥
双手沾满新鲜的露水和奶水
一把风，一粒星，几许寂寥

指尖的一百〇八颗佛珠
是你我短暂的一个轮回
是相握的温暖

晨风擦亮祁连山
后来是村庄、牛羊和炊烟

阳光下的祁连山

阳光奔跑在山峰之间
美好的一天
从祁连山的苏醒开始

左面是羊群，右面是马群
祁连山内圈养着尘世
祁连山外寂静之花蔓延

阿尼岗什卡的青鸟
衔来青稞的种子和吉祥
我想唯一做的事：
放马南山，和你一起虚度时光

弯曲是为了前行
寂静是为了奔腾
我在山下牧云、写诗
看植物生长，慢慢老去

一条相伴祁连山的河

一条缓慢走过时光的河
包揽人世的一切白、光芒和爱
你的名字叫大通河、浩门河、母亲河

我们在几十年前的一个黄昏相遇
从此相依相伴，从未分离
我的悲欢从此与你相融

我日日焚香、诵经、歌咏、劳作
时间的花瓣在四季里零落

有时我是飘向你心海的雪花
有时我是落入你眼眸的雨滴
有时我是畅游在你心波的一尾裸鲤
我们相携迈向岁月深处
并相看两不厌

你给我暖心的青稞酒
你给我果腹的粮食
我采摘你的月光、雨露
养育我笨重的肉身
高飞的魂灵

而我
能给你什么？

奔跑在春天的祁连山

春风十里
将残冬的雪衣一寸一寸裁剪
祁连山携带着沿途的烟火
深黛色的吻
暖了浩门川的脸庞

岗什卡吹熄最后一盏星辰
雪豹的身影隐于祁连山间的空寂
褐色的岩羊走下雪线
来品饮圣泉之水
鹰翅拍打着春风
经幡又默诵了多少遍？
我的村庄在方言中醒来

祁连山，爱过这命运里的春寒料峭
也爱过黑暗过后萌动的青春
尽管，我们无法说出
山里山外，更深的秘密

但我们确认血脉、相逢、美好
随后是涌动的鸟群、花朵和田禾
"我们要像春天修得一颗柔软心"

牧场，祁连山情歌

风吹祁连山，千万年
祁连山在青海偏北低翔

有人在前世的情歌里
找寻失散多年的部落
那顶在洗山雨中站立的牛毛毡房
依然稳扎在记忆深处

草原是云朵堆起来的
草原是雪水浸养着的
牛群和羊群割痛我们的乡愁
出嫁的措毛在马背上啜泣
离佛灯最近的月亮
浸泡在滚烫的青稞酒里

有人面对祁连山
交出了思念的泪水
雕花的马鞍等候
悠长的拉伊缠绵

牧民们在祁连山深处
与鹰为伍，大碗喝酒，大块吃肉
把情歌唱到天亮

金牧场，缠绕着山际
沿着鹰翅，蜿蜒而去

村庄，祁连山肖像

一声微弱的哭声
我出生在祁连山的褶皱里
从山上下来的雨水
一点一点渗进我的血液里

家园有些陈旧
依旧开着我喜欢的花
低处生长着青稞、油菜
这些养命的植物额首低垂

东台上的庄户里
炸年馍，娶媳妇，闹洞房
西台上的庄户里
有人驾鹤西归
唢呐声，哭喊声，冷冷地
抛下了一生的穷光阴

那时，乡村的夜
有星辰的密语和狗吠
油灯摇曳着窗花
母亲们缝补着简单的生活

祁连山是那道柴扉门
门外苍茫，门内是一生的暖

174

内心的闪电

没有什么可以抵挡

这滚滚而来的雷电

它挽着风的衣袂

洞穿你蛰伏的生活

一滴水随江河远走他乡

一个人打开他潦草的背影

麦子情绪饱满

有着丰收的愿望

你看到了闪光的农具

负重的牛

山间的花

将清贫的爱情

奉献给辽远的天空

你感到隐隐的痛

血液涌动

这暖暖的爱

河水映照千年的明月

你在一道不为人知的

闪电里

奔走出生活的苍茫

——发表于 2012 年 2 月《西海都市报》昆仑版

春天，翻过达坂山

这个无雨的春天
干旱而峭拔
只有憔悴的风
带着千头万绪的生活
从一个侧面发出呼啸

车从一盘一盘的山路
往上行进
像我几十年的光阴
负重、艰辛而带有希望

山顶收集着最密集的
雨水、冰雪和光亮
裸岩隐闪着神秘
几个时代的足迹
印在起伏的群峰里
鹞鹰喜欢这样的高度

山雀也喜欢这里的草木

达坂山隔断了

南来北往的风

却留下了一小块

静

达坂山上千万年的石子

顽固且透着小小的光

当一些稀薄的空气

一些散乱的阳光

一些在春寒里咬着牙

守望春天的灌木丛

和我一同穿过了

3700 米的隧道时

才发现被时光裹挟的我

从一个红尘

跌入了另一个红尘

——发表于 2013 年《青海湖》诗歌专刊第 25 期

在老龙湾海

大雪十面埋伏
风藏着刀子
雪岭之上
倒挂的一面宝镜
映照祁连山下我的家园

鹰翅上携带着阳光
山坡上金露梅颔首怀想
在离天很近的地方
我们小心地走进神海巨大的宁静里

燃起柏烟，抛撒风马
风中的经幡在替我们默念心经
圆圆的海子为我们加持

你从神话中走来
心怀尘世，深居简出
忙于民间的风调雨顺

千年的雨水落下

银制的器皿

盛满亘古不变的乡音

内心的风暴

足以挣脱命运的蛛网

老龙湾海

与我们相依、取暖

倾听彼此的心跳

咽下世间的沧桑

——发表于 2015 年 10 月《青海湖》读书班专号

大理古城行吟

马蹄声在茶马古道上渐行渐远
喝完白族阿妹的三道茶
尘世的酸甜苦辣也随风而去
爱着山水的人，像一只蝴蝶
触探到最舒展的花朵

走进古城，我们相视、沉默、微笑
仿佛这就是另一个美好的自己
站在紫杜鹃花丛中
遥听弘圣寺塔的钟声被风送过来
我默默聆听它风雨千年的倾诉

粉色的山茶花把古城包裹在香气里
我的脚步走在深巷的青石板上
在这个清幽的世界里
我们彼此怀想，虚度时光

抚摸着墙壁上的鹅卵石
听自然的回声打磨着纯净的日子
把手伸进甘洌的井水
它替我说出了一切

——发表于 2015 年 12 月《大理文化》第 4 期

触摸酒乡

一滴琼浆玉液
从石器、陶器、青铜器上流过
它融入黄河
缓缓流过五千年的史册

在故乡
父亲们三月下种
母亲们六月锄禾
青稞的芒刺无比闪亮

八月的新酒刚刚出锅
酒香飘过威远镇
乡亲们用酒煮沸生活
用酒放飞梦想
为了这幸福的相守
这一滴酒赶了那么长的远路

山高水长
青海的长云和雪山为亲
河湟的风吹走祖先的足迹
我们是早年走散的亲戚
在美酒里重逢、相认

被酒香缠绕的彩虹

是悬在你的心口的那一滴酒

不知什么时候

让你在甜蜜中疼一下

来吧，盛一碗青稞酒

跳起安召唱着花儿

余音越过祁连山

在平平仄仄的雨声里

叮当作响

喜鹊唱着酒令

大豆青稞麦子洋芋争相拔节

河湟谷底，一片丰饶

对离乡的人

泪和酒一样绵长

他们被酒香悉数召回

看土族阿姑婀娜的身姿

在轮子秋上飘荡

呷一口家乡酒

找见忘掉的自己

几百年来，土乡的美酒

游走在民间

淡蓝色的火焰，使月光愈发空阔

你的清——

是青海高原辽阔的天空

是清冷清苦清淡的过去

是清澄清净清雅的今天

你的香——

是青海高原广袤的大地

是河湟桃花杏花梨花的魂

是香甜香郁香浓的土乡味

土乡的美酒

在青海的阳光里发酵

这烈性的青稞酒

锻造了苍凉的边塞诗

这甘醇的青稞酒

养育了豪放的青海人

喝着青稞酒的人

头顶蓝天和民歌

让日子变得酣畅淋漓

青海的山色被酒浸润

青海的儿女被酒牵绊

在酒乡与一滴酒相逢

我们彼此酒后吐真言

写着写着

我就醉了

——发表于 2014 年 10
月《中国土族》

站在长安城上

比秋风更安静的
是一个青海女人的心
我的足音踩响了复活的青砖
回味一个古城浩瀚的历史
如美酒般甘冽醇厚

长安城内人间烟火摇曳
茶香浸透不眠的夜色
饱满的柿子流出甜汁
雪白的瓷器泛着隐秘之光
有人背回了经卷
有人写下了绝句

马队带上丝绸、瓷器和茶叶
走出城门，走进苍茫的风中
长安城只听到
浩渺的歌声抵达内心

撒播星光的人
幽居在沿途的月色中
从此，种子在远方发芽
瓷器里盛满了诗词
丝绸裹住了乡愁

九月的风，吹过每一块青砖的面颊
更远的秋天，在路上

黑夜之光

白天敛起阳光之羽
将万物的歌吟带走
夜幕笼罩着大地
静谧、安宁、神秘

余晖散尽之后
一切都要走进黑夜的光芒
众神之手点亮黑夜之眼
这智慧之光，自由之光

黑夜的中心
居住着大师们的灵魂
星空是巨大的帛书
星星般闪耀着他们的思想之光

一些事物的情节已遗失

另一些情节正在展开

月光播种在我们的心间

荒原因一些光芒的力量

而更显强大

黑夜孕育着璀璨的花朵

也蔓延着巨大的虚无

我们的信仰不会受到迷惑

在暗夜里也能辨清前行的方向

——发表于 2012 年 4 月《文学月刊》

致海子

我在一个秋天的午后读到你
熟透的麦地早已无边无际
你智慧的光芒
英年早逝的音讯
深深灼伤我脆弱的心

你的声音
来自麦田深处
你用忧郁的泪水
擦拭我们的眼睛
你的手
轻触我们身后的孤独
它没有声音

缪斯最忠实的儿子
你躬耕的田野如此肥沃广大
麦子丰收，柴火正旺
我们不再说痛
沉默中的劳作
才是后来者的方向

——发表于 2012 年 9 月《柴达木》

黄河岸边的女子叫梨花

黄河岸边听涛的女子叫梨花
素衣、荷袖、眉清目秀
她和白露为霜的蒹葭是姐妹
她们都喜欢与水为伴

梨花白，千堆雪
黄河源头的水濯洗了她的姣容
雪山、白云赋予了她古韵
她的白
是火焰的内核
是淡淡的无

就那样静静绽放
一朵接着一朵
有人爱上她内心冰凉的
妩媚
就那样临水守望
孤艳、倔强、芬芳

她是早年走失的伊人
在水一方
寂寞中的坚守
像干净的文字
在世间穿行

黄河，古老的生命之歌

昆仑在上，我们守望
雪峰上的一轮满月在河面上
铺满清辉
星星提着灯笼
护送河流出嫁远方
它向这个世界说出了
蓬勃、柔软和希望

当她告别巴颜喀拉山
携带着千年的雨水
沿途的钟声
和两岸的羊群
将注定我们的命运
从此与众不同

在青海的方言中相认
我是你其中的一滴水
相依相伴，不离不弃
是我最初的姓氏
也是最后的

我在大河之岸磨镰、割麦

点燃酥油灯祈福，喜悦溢满奶桶

冰雪喂养出了你傲岸不羁的性格

你养育了两岸嘶鸣的骏马

和五谷的清香

无论你行走多远

仍在梦中

一眼认出自己熟悉的故乡

身披红尘，带着掌心五千年的烟火

在时光的尘埃里闪亮如银

至此，我们看见的母亲河

捧出了果实、鸟鸣

柴火和不朽的诗歌

一条河的北方

一

一条河流，挣脱黄河母亲的胎衣
从天峻出发，为赴一个不老的约定
在九曲连环的人生里，抱紧人世

苍穹之下，青海辽阔
你"为原野壮色为大山图影
为征夫洗尘为英雄挥泪"！
独酌烈性的青稞酒
放逐傲岸不羁的秉性
激情洗染沧海桑田

在金门源，断肠的花儿你唱了千百年
你的相思之伤只有白水黑土的浩门川最懂
你柔软的爱缠绕着故乡的
一村一寨，一草一木

我是浩门河畔土生土长的孩子
朝饮大河之水，暮宿大河之岸
如花似蝶，舞姿翩跹
听祁连山的雪水融进你奔腾的血液
看青稞地的寂静渗入你的气息……

雪山的传说、村庄的炊烟
清晨的鸟鸣、父辈的汗水以及
土地上的麦粒都被你
——细说，粒粒珍藏

二

雪龙滩、多隆、东旭、玉龙滩……
16座水电站是十六枚不落的太阳
照亮我们生死相依的家园
554公里的行程
是一幅打开的长经卷
通向吉祥之路
我们用大河之水沐浴，用柏烟净身
让禅音深入祖祖辈辈执着的守望

浩门河用菩提之心滋养着
洁白的云朵、成群的牛羊、肥沃的良田
和子民们的草木之心
"山水画廊""黄金水道"……
你若盛开，便是春天
生活苍老的容颜从此改变！

194

浩门河点亮暗夜里的灯盏
我们围着你的火焰取暖
我早已决定：此生，在大河之岸
播种诗歌，饲养鸟声，耕田牧马
一大片一大片盛开的浪花
就是我们朗朗的笑声
是发自内心的喜悦、是欢乐的歌声
是早已注定的幸福

一条河在时光的刀刃上从容而过
像切割的钻石，发出耀眼的光芒！
走雪山、过草原、下平川、入林海
每一次泛起的细小浪花
都能拍打起豪情万丈

大河打马走过
留下了壮美、福泽、不老的传说
当我的低吟浅唱还停留在心底
你已入享堂，早已远去

九　月

九月，在遥远的驿站
站在风的方向仰望
累累果实在枝头歌唱
道路深居水中
听到花瓣飘落河面的声音
让人无限感伤你凋谢的红颜
我们的青春就这样化为季节的碎片

歌声绕过山梁
风从田园吹来
野雏菊紫色的秘密被打开
油菜籽、青稞、豆荚的味道更加香浓
等待向日葵燃烧的万丈光焰
将你我灼伤
有伤的人才能体会心痛的感觉
才有渴望飞翔的理由

九月，碧浪翻滚的田野
被农人的目光一遍遍梳理
然后小心翼翼地收藏在内心
走失的马匹回家
鹞鹰飞翔
无法抵挡的
只是这升腾的九月啊

远游或走进
在这九月金属的光芒里
九月步步逼近
我将在九月里体验一次
深刻的成长

石头与河流

一些石头

横在河流的胸口

它看见了秋天飘零的

第一枚枯叶

风掠过枝头

剥离、旋转、张望

然后，从容地落在河面

被河水载上了更为遥远的

旅途

河中的石头

用淡绿的苔衣裹紧梦想

仿佛我们用皱纹

把世间的风雨藏起

日出日落，花开花谢

流萤飞转

河流紧紧地拥抱着石头

像母亲握紧手中的灶具

河底的石头

它让河流发出声响

在到达大海之前

它听到了

鸟鸣和自己的

欢唱